Ella entró por
la ventana del baño

Élmer Mendoza

Ella entró por la ventana del baño

Ella entró por la ventana del baño

Primera edición: marzo, 2021

D. R. © 2020, Élmer Mendoza
Publicada mediante acuerdo con VF Agencia Literaria

D. R. © 2021, derechos de edición para Argentina, Colombia, Chile,
España. Estados Unidos, México, Perú y Uruguay en lengua castellana:
Penguin Random House Grupo Editorial, S. A. de C. V.
Blvd. Miguel de Cervantes Saavedra núm. 301, 1er piso,
colonia Granada, alcaldía Miguel Hidalgo, C. P. 11520,
Ciudad de México

penguinlibros.com

ISBN: 978-607-319-542-3

Impreso en México – *Printed in Mexico*

Para Leonor

Dime, José Emilio: ¿A qué horas, cuándo, permitimos que México se corrompiera hasta los huesos? ¿A qué hora nuestro país se deshizo en nuestras manos para ser víctima del crimen organizado, el narcotráfico y la violencia?

FERNANDO DEL PASO
Discurso de recepción del Premio Excelencia en las Letras José Emilio Pacheco

En literatura sólo se sabe lo que se imagina.

CARLOS FUENTES
En esto creo

Uno

Hay días en que sería mejor ser transparente, pensó Gerardo Manrique, excomandante de la policía Ministerial del estado de Sinaloa, luego de escuchar una amenaza en su celular que le caló hasta los huesos: Estás muerto Manrique, muerto y enterrado, pinche policía lame bolas. Era una voz cascada, avejentada, pero firme. Estaba cenando tacos de cabeza en el local del Jerdy, uno los mejores de Culiacán, y después de la llamada quedó sin apetito. Paralizado. El olor de la muerte es cempasúchil y lo rondaba. Desde un principio comprendió que se había metido con un pez muy gordo, con uno de los jefes más poderosos del narco, con el que además mantenía una rivalidad esencial; pero fue policía con cierta ética y se hartó de ver cómo ese delincuente actuaba con total impunidad y más perteneciendo a esa institución tan importante que le ponía todo a su favor. El procurador del estado lo había protegido, pero pasaron los años y ahora yacía en alguna tumba oscura de Jardines del Humaya. Se acordó de que cuando descubrieron a la banda de militares traficantes pidieron ayuda pero toparon con pared. La misma pared del infierno. Una de las razones que lo obligaron a jubilarse sin cumplir el tiempo de servicio reglamentario, con la prohibición de hacer contacto con cualquier persona del medio, empezando por policías. Por eso estaba solo, además de que jamás se le facilitó hacer amigos.

Con su esposa y dos niñas vivieron once años en Ciudad Obregón, pero ya cumplían diez en Culiacán. Meses atrás recibió la noticia de que el hombre que encarceló y le costó su carrera había dejado la prisión y empezaba a sonar en el bajo mundo. ¿No le bastaron al capitán Salcido veintidós años a la sombra? Sin duda, la cárcel no afecta a gente de sangre impura, como este tipo que traficó cientos de toneladas de coca y asesinó a más de doscientos sujetos y ahora acababa de sentenciarlo. ¿Quién más si no él podría llamarle con ese tono? ¿Quién más si no él tenía esa voz de fumador empedernido?

En ese momento, su mujer estaba de visita con su familia en Badiraguato, donde la conoció en una misión de la que regresaron con las manos vacías; porque si hubieran querido hacer una detención, hubiera tenido que ser al pueblo entero. Fuenteovejuna, señor. Acababan de conversar por celular y se encontraba bien, le chismeó que una de sus hijas le tenía una sorpresa, que esperara su llamada. Sonó el teléfono y era la indiciada. Hola, viejo cascarrabias, ¿cómo estás? ¿Qué te pasa ahora, hija desnaturalizada? Nada, panzón, simplemente quiero darte una noticia. No me digas que te embarazó ese cabrón; ya te dije que es un pendejo. Pues claro, ¿si fuera un genio crees que se iba a fijar en la hija de un expolicía con veinte kilos de más? Y no estoy embarazada, ¿no has oído hablar de la píldora del día después? ¿Entonces por qué te casas? Porque quiero, y, como te habrás dado cuenta, no te estoy pidiendo permiso, sino avisando. Silencio. Pinche plebe, igualita a su madre, bien determinada. Bueno, si ya lo decidiste, felicidades. Gracias, papá. ¿Y cuánto me va a costar? No seas presumido, viejo barrigón, bien sabes que tu pensión apenas alcanza para ustedes, así que sólo danos tu bendición. Pero podemos aportar algo. En nueve días tenemos cita en el Registro Civil; vengan y nos invitan a comer. Elige un buen lugar. Gracias, viejo mantecoso.

Se quedó quieto en el fondo de la taquería, desde donde habló con su hija, que lo hizo olvidar su bronca por un momento. ¿Hasta dónde llegaba la ferocidad de su enemigo? ¿Intentaba amedrentarlo? Claro que no. Quería que se angustiara, que se arrepintiera de haber nacido, que pidiera perdón arrodillado. Por eso le avisó, para que sintiera escalofrío y era justo lo que experimentaba. Hijo de su chingada madre, pero no la tendría fácil. Él no era chica paloma, practicaba tiro con frecuencia y su mano continuaba firme. ¿Alguien a quien pedir ayuda? Nadie, la gente más poderosa sólo trabaja para sí misma y varios están metidos hasta el cuello en la inmundicia. Pagó la cuenta, echó un vistazo a cada lado de la calle y abordó su camioneta. Ocho veintinueve de la noche. Era alto y robusto. Vestía jeans y camisa a cuadros. Avanzó tranquilo. Si el diablo no tiene prisa, yo tampoco, rumió al llegar a la primera esquina, justo antes de que una Hummer negra lo embistiera y dos tipos con pasamontañas que salieron de un auto estacionado a unos pasos le vaciaran dos fusiles AK-47. Los cristales no impidieron la entrada de los primeros disparos, mucho menos del bazucazo que llegó de la Hummer y se llevó media cabina. En un postrero esfuerzo vació su Beretta contra sus atacantes, pero sólo consiguió herir levemente a uno en un brazo. Mientras se le iba la vida, tuvo dos pensamientos claros: su amorosa familia y que para nada se arrepentía de haber detenido a uno de los jefes más implacables y sanguinarios, cabecilla de un grupo de militares corruptos que manejaban su propia red de tráfico en el norte del estado de Sonora y el sur de Arizona.

Hay noches en que los hombres duros sí bailan.

Dos

—Como lo oyes, entró por la ventana del baño. Serían las diez cuarenta de la noche. El Zurdo Mendieta estaba en el hospital Ángeles, sentado al lado de la cama de un anciano de ochenta y seis años de aspecto devastado. La piel del cuello le colgaba, sus ojos eran dos orificios negros.

Alejandro Favela, su hijo, había buscado al Zurdo porque el anciano quería conversar con él. Era un antiguo rival de amores.

Puedes llamarme Álex. Tal vez me recuerdes, coincidimos un par de veces en la Col Pop. Se encontraban en el estacionamiento de la jefatura. Mendieta lo tenía presente, pero se negó a resucitar aquellos momentos infames. Tengo memoria de teflón, respondió desganado. La verdad es que nunca olvidaría la manera en que ese hijo de su puta madre, que lo tenía todo, asediaba a Susana Luján, la madre de su hijo. Eran jóvenes. El tipo permanecía serio. Más de veinticuatro años sin verse. Mendieta recordó que en aquella época Alejandro quería ser escapista en un circo. Al menos eso le comentó a Susana, seguramente para impresionarla. Es normal, sólo nos vimos de lejos, afuera de la casa de Susana Luján, ¿la recuerdas?

Una chica de la Col Pop, muy bonita. Más o menos.

—Yo vestía ropa de calle, en ese momento estaba orinando, cuando alcancé a ver por la reducida ventana unas piernas, luego unas nalgas y al final una cabellera roja, era delgada. El baño daba a un pequeño jardín lateral y desde allí se divisaba la calle.

Al lado de la cama hidráulica de hospital había una mesita con agua, dos vasos, algunos medicamentos y un ejemplar de *El Debate*.

Álex le explicó al Zurdo que su padre le propondría algo, pero que por favor fuera a esa hora, cuando él estaría de guardia. Está hospitalizado y según los médicos se encuentra en las últimas, tiene un cáncer de páncreas del que nada lo salvará. ¿No te parece extraño que quiera hablar conmigo? La verdad sí, pero él siempre fue así, como que tenía dos cabezas y cada una pensaba cosas distintas; créeme que cuando me lo propuso no lo podía creer, le dije que no te conocía, claro, no recordaba tu nombre, menos que fueras policía. ¿Y él sí? Hubo un caso que implicaba a norteamericanos con los que mi papá solía ir de cacería que resolviste muy bien, según me comentó; debes recordarlo, creo que por eso sabe de ti. El Zurdo estaba recargado en el Jetta, Favela frente a él. ¿Tienes idea de qué se trata? Porque eso de ir a un hospital a las once de la noche a conversar con un moribundo no es algo que me arrebate, para qué más que la verdad.

—Me vio y sonrió.

Hola.

—Me saludó como si estuviéramos en un café, yo terminé rápidamente de orinar. Hola, dijo ella completamente dueña de sí misma. Se parecía a Milla Jovovich. ¿Te suena? La actriz que sale en *The Fifth Element*.

¿Eres el dueño de esta casa?

—Su voz era suave, como que arrullaba, ¿me entiendes? Pero contundente.

Te pagaremos lo que valga, mi padre está en su lecho de muerte y no quiero negarle nada. No comprendo por qué quiere charlar conmigo, el caso que mencionas fue muy privado, además tú y yo ni amigos somos. Para serte franco yo tampoco imagino de qué se trata, ¿no tienes una oficina donde pudiéramos conversar más cómodos? No veo de qué tengamos que cotorrear, reconozco que la situación de tu padre es extrema, pero sigo sin entender qué tendría que ver conmigo o con la Policía Ministerial, ni si hubiera robado el tesoro de Moctezuma porque ese delito ya prescribió.

Soy el dueño, ¿qué te pasó?

Venía por la calle pensando en lo extraña que es la vida, no sólo exterminaron el paraíso terrenal, sino que lastimaron el paisaje para siempre. No existe aquí un solo árbol con historia como el de la noche triste; luego topé con esta linda casa y me pregunté: ¿cómo se vivirá en una mansión así? Y decidí investigar, vi la ventana iluminada sin protección ni cristales y no pude resistir la tentación de hacerte una visita, espero que no te moleste. ¿Estás solo?

—Hablaba con tanta propiedad que me encantó. Discretamente miré por la ventana, divisé dos policías en la calle que inspeccionaban hacia todos lados y se retiraban deprisa y me volví a ella, que seguía sonriendo, y, claro, le seguí el juego.

El viejo tosió un poco.

Te entiendo perfectamente, Edgar, y te lo pido de favor, soy propietario de una flotilla de yates en Mazatlán, puedes disponer de uno con todo y tripulación cuando lo desees y por el tiempo que quieras. Mendieta le embarró una mirada venenosa que Álex captó perfectamente. Cierto que soy placa, pero hay horas del día en que no soy una mierda, y si tú no tienes la menor idea de lo que quiere tu padre, menos yo. Entonces te suplico que lo pienses, sé que no tienes ningún compromiso y que es un abuso pedirte esto, pero, no sé, me entró la curiosidad por saber qué quiere tratar contigo que no quiso decirme; si te decides estaré en el hospital Ángeles desde las siete de la noche, cuando mi mamá y mi hermana se van a descansar; mi hermana es esposa del secretario de Agricultura del gobierno del estado, él podría ayudarte en algo: aumento de sueldo, un ascenso, que sé yo, la verdad desconozco tu situación. Mendieta se encrespó. No me chingues, ¿me dices eso porque soy un miserable poli y sólo puedo aspirar a ganar más o a un pinche ascenso por recomendación? No, perdón, Mendieta, no quise ofenderte, ocurre que no encuentro la manera de lograr que visites a mi padre, y créeme, me lo pidió como última voluntad y me parte el alma no poder complacerlo; no sé si tengas papá. Ya no. Favela abatió la cabeza, sus ojos se humedecieron. Pues eres pésimo para convencer. Discúlpame, te dicen el Zurdo, ¿verdad? Soy zurdo. Bueno, fue un gusto saludarte. Iguanas ranas, bato. Eso de que no estuviera tu familia si aceptaba ir, ¿te lo pidió él? Es correcto. Extraño ¿no? Pues sí, y la verdad, como te digo, no entiendo un carajo.

El tipo me miró lloroso y me apretó la mano al despedirse. Por lo que veo, todos los pretendientes de Susana éramos unos completos descastados y éste se veía bien friqueado. Qué onda. Mi cabeza estaba llena de sombras, no es que me estuviera volviendo loco, simplemente el alcohol me empujaba por un tobogán cuesta arriba. Sentía bien alterado el punto de flotación. Gris Toledo continuaba con licencia de maternidad; por cierto, no estaría mal hacerle una visita. A lo mejor su hijo ya anda de novio y yo sin verlo. Pinche morro, le voy a regalar una bicicleta de montaña para que sepa lo que es canela. A lo mejor el güey se hace ciclista o de perdida saca a pasear a su morrita.

—Álex se había ido a Monterrey a estudiar, así que, después de cierto incidente, le ofrecí su recámara. Debía ser la una de la mañana, mi mujer y mi hija dormían.

Sonrió con picardía, preguntó por la puerta de la calle así, como tanteando, para saber dónde estaba.

—Esa noche iniciamos una relación que duró quince meses, los mejores de mi vida.

Hizo una breve pausa.

—Álex.

Se volvió a su heredero que escuchaba pasmado del otro lado de la cama.

—Voy a morir pronto, hijo, lo sé aunque el oncólogo no se atreva a llamar a las cosas por su nombre. Como deben haber comprendido, mi último deseo es ver a Milla.

El aludido abrió más los ojos.

—Pero, papá, mamá y...

—Es mi última voluntad y vas a cumplirla como un hombre cabal, y no permito vacilaciones.

Luego se volvió al Zurdo.

—Detective, cuando resolviste aquel asunto en las barbas del expresidente de los Estados Unidos demostraste de qué estás hecho. Quiero que la encuentres y me la traigas, esté donde esté y con quien esté. Y antes de que preguntes, nunca volví a verla y ni idea tengo de qué fue de ella.

—¿Cree que esté viva?

El viejo emitió una leve sonrisa.

—Milla es de las mujeres que no mueren jóvenes, lo sé, es de las que siempre estarán allí para controlar el mundo; ya verás cuando la conozcas.

Álex observaba. Tenía un par de cosas que decir, pero prefirió guardarlas.

—¿Cuánto tiempo ha pasado desde la última vez que la vio?

—Veintidós años y dos meses.

—No es poco tiempo.

—Tampoco es mucho; detective, después de lo que te vimos hacer en el campo de caza, esto debe ser pan comido para ti.

Callamos, reflexioné un minuto. Si no quieren que la gente tenga una idea equivocada de ustedes, jamás hagan algo bueno, porque se arrepentirán el resto de su perra vida. Luego de que un rato antes Pineda me hubiera mandado a la chingada de la peor manera, sus palabras me ayudaron a recuperar el equilibrio.

Álex se sentó en la cama del viejo.

—Hijo, entrégale una tarjeta de crédito amplio y si fuera necesario sólo le dirás a las mujeres cuando la tengamos aquí. Y tú, Mendieta.

Clavó sus ojos en los míos.

—Desgraciadamente no me queda mucho tiempo; espero que entiendas que estoy en tus manos.

Cerró los ojos.

—Pero, ¿tiene una foto o algo?

—Nada, sólo recuerdos, inquietantes recuerdos.

—¿Cómo se llama?

—Nunca lo supe; si amas a alguien, ¿para qué carajos te sirve el nombre? —expresó con voz queda, sin abrir los ojos.

¿Algún lunar? Iba a preguntar pero mejor cerré el pico. Favela me acompañó al estacionamiento. En la puerta del elevador encontramos al oncólogo. El bato lo consultó para que yo escuchara.

—¿Cuánto le queda a mi padre, doctor?

El tipo usaba lentes oscuros.

—Es difícil saberlo, pero no creo que pase de una semana.

Menos de siete días, concluí automáticamente. No puedo negar que el viejo me simpatiza.

Trataron un par de detalles y se despidieron.

Tal vez la vi una vez, fui a buscar a mi padre a su oficina y cuando me anunciaron vi salir a una chica como la que describió; fui allí para convencerlo de que me diera dinero para ir a San Francisco; no quería ceder. Cuando le pregunté quién era esa belleza, sonrió, dijo que pensándolo bien no era mala idea que me tomara unos días en California. ¿Y era como dice? Sonrió. Bueno, exagera un poco, realmente no era tan guapa, más que a Milla Jovovich creo que se parecía a mi mamá cuando era joven.

Llegaron al Jetta, que permanecía en medio del inmenso estacionamiento al aire libre. Había una fiesta cercana porque se escuchaba música a buen volumen, un pegajoso reguetón que el Zurdo recordó le gustaba a Ger y que según ella andaba de moda. Dos cosas: ¿en qué barrio vivían? En la Chapule; sigue siendo la casa familiar. Anotó la dirección. ¿Sabes quién era la secretaria de tu padre de esa época, cuando te topaste a Milla? Matilde Anchondo, está jubilada, mañana te consigo sus datos. Y quiero ver esa ventana. Cuando quieras te llevo, si no está mi mamá, mejor. Listo; bueno, Álex, si necesito que me acompañe alguien de mi equipo y mi comandante se pone charrascaloso, te avisaré para que le llames a tu cuñado. Cuenta con eso.

Se despidieron, se acordó de los Beatles, de esa rolita parte del *medley* del *Abbey Road* que buscó en la guantera en cuanto encendió el carro: "She

Came In Through the Bathroom Window". Qué pedo, no está el pinche cedé. Puso 4 Non Blondes, "What's Up", una rolita que me gustaría que escucharan todas las mujeres del mundo. Órale morras, aliviánense.

Tres

El Zurdo Mendieta, acompañado de Ortega y su equipo, y del doctor Montaño, que de milagro se encontraba en el forense y no en las piernas de alguna atractiva admiradora, llegó al lugar de los hechos. Eran las nueve y media de la noche y ni siquiera un perro estaba de curioso. Un vecino había telefoneado y fue fácil detectar qué reptaba detrás de aquella masacre. En las casas aledañas ni las luces exteriores se hallaban encendidas. Ortega, revisa al occiso, veamos de quién se trata. Lo que usted ordene, gran jefe. Deja de estar chingando, cabrón, sólo quiero saber quién es el güey, porque los batos que le dieron piso dejaron muy clara su identidad; pinches locos que no tienen en qué gastar las balas, además qué hora tan pendeja para escabecharse a un cristiano, en vez de estar tranquilos, echándose una cheve en una cantina o conviviendo con alguna morrita en cualquier lugar sagrado. Cállate el hocico, pinche Zurdo, lo que tú haces es encerrarte en tus cuatro paredes a tragar whisky y escuchar esa música para retrasados mentales que tanto te gusta. Siquiera tengo gustos, güey, no que tú, no escuchas ni el Himno Nacional, que por cierto tienes obligación de saber. Obligación con mis huevos; ponte los guantes que ahí te va lo que trae el bato: cartera con ochocientos pesos, una tarjeta de ahorros, otra de crédito, identificación del INE y una placa de cuico de las de antes. ¿Fue policía? Según esto hace más de veinte años. Tal vez pagó una deuda pendiente. Jefe, ya recogimos más de cien casquillos, todos son de cuerno de chivo. Pobre cabrón, lo dejaron como coladera. El parabrisas pudo ser destrozado por un bazucazo. Órale. Le cayó el infierno al güey. Según su credencial para votar tenía más de cincuenta.

Mendieta revisó los documentos. Gerardo Manrique Celis había sido comandante de la Policía Ministerial veintiún años atrás. Ortega, ¿lo conociste? No me suena, y soy poli desde hace dieciocho. Me han tocado tres comandantes, pero él no. Es de mucho antes que Briseño. Sí, el jefe tiene poco más de seis años. El Zurdo quedó pensativo: ¿Quién se lo escabechó con tanta saña? Especuló: El bato manejaba tranquilo por el boulevard Xicoténcatl, se acordaba de sus tiempos, de los que había detenido, y si tenía acuerdos, del dinero que le servía para tener trocas como ésta; se sentía bien, nunca se dio cuenta de que un asesino o varios lo esperaban, quizá se defendió como gato panza arriba pero nada logró. Cavilaba en eso cuando se atravesó una patrulla de la que bajó Moisés Pineda, jefe de la división de Narcóticos a quien le encantaba molestar a Mendieta, por el que sentía una aversión que no le interesaba ocultar. ¿Qué haces aquí, Zurdo malhecho? Me bajé a mear, luego recé tres padres nuestros para que apareciera algún pendejo. Pues es todo, éste no es tu territorio, son demasiados disparos para ser un típico homicidio. ¿Cómo lo sabes? Tengo mis contactos, dijo señalando a Ortega, quien, como le quedaba claro al Zurdo, trabajaba para ambos sin mayores preferencias. Órale, pues te deseo suerte. La suerte es una pendejada, Mendieta, cuando menos no es algo que me interese tener. Pues entonces que tengas lonche. ¿Y eso? Averígualo; oye, el sujeto era placa, quizá lo conociste. No creo, por lo que se ve andaba en malos pasos y no me llevo con esa gente. Fue comandante hace veinte años. Menos, voy a cumplir quince en la corporación, y tú no andes de pinche invasor, Zurdo malhecho, sigue con tus ondas y deja mis dominios en paz. Mendieta se calentó, pensó mentarle la madre y lo que fuera, pero ahí la dejó. El compañerismo en la policía es muy complicado.

Entregó a Ortega los documentos y se despidió, lo mismo del forense que colocaba el cuerpo de Manrique en una camilla con la camisa a cuadros completamente roja y un rictus de rabia indiscutible. La ambulancia que se llevaría el cadáver y la grúa que arrastraría los despojos de la camioneta llegaban en ese momento. Cualquier cosa me buscan; ¿de cuándo es la troca? Once años de vieja, jefe. Órale. Luego abordó el Jetta, lo encendió. El reportero Daniel Quiroz llegaba al lugar de los hechos y se acercó rápidamente. Qué onda, mi Zurdo, ¿por qué te vas? Es un caso para Filiberto García y su compa Rafa. Órale, oye, platiqué con algunos vecinos y dicen que estuvo dura la tracatera. Recogieron más de cien casquillos. Creen que hubo al menos un carro y una Hummer negra; ¿supiste quiénes eran? Santa Claus y los siete enanos, y como estamos en noviembre y el espíritu navideño es tan escaso, decidieron tomar represalias, ya ves que cada vez menos gente cree en la Navidad. ¿Los enanos qué no son de Blanca Nieves? Se los prestó un rato para este jale. Sonrieron. Pinche Zurdo. Nos vemos cagatinta, creo que tendrás una buena nota. Hasta pronto, cagabalas. ¿Y esa pendejada, Quiroz? Nada, cada quien caga lo que puede, ¿no? Aceleró para salir despacio del conglomerado de patrullas con las torretas encendidas, observó a Pineda con el celular en la oreja y pensó lo peor, puso a Rod Stewart, "The Way You Look Tonight", se concentró en la suavidad del piano y enfiló rumbo al hospital Ángeles. Murmuró: ¿Qué es la vida? Una maldita amenaza que no termina nunca, así que voy a ver qué onda con el papá de Álex, espero no arrepentirme.

Cuatro

Era tan elástica que ni un raspón se hizo al entrar. El baño para invitados era más grande de lo habitual. Favela la admiraba sorprendido y ella sonreía con ese encanto que sólo algunas mujeres saben expresar.

Por la manera aparentemente desinteresada en que le prestó atención, supo que era un hombre de mundo. ¿Cómo era un hombre de mundo a finales del siglo veinte? Percibía un misterio, un atrevimiento y una sonrisa suave. Lo mejor era comprobarlo y se plantó:

Me gusta tu camisa blanca.

Ricardo Favela observó su rostro perfecto, su sonrisa pálida, el sueño de su cabellera. ¿Acaso no la buscaba la policía?

¿Mi camisa blanca? ¿Qué le ves de especial?

Se me antoja quitártela.

El tipo, empresario de más de sesenta años, la miró algo confuso.

¿Quién era esta chica tan atrevida y de dónde había salido? Sí, entró por la ventana del baño, ¿pero qué más?

Tu blusa roja no está mal.

Ella hizo un gesto de aprobación, ahora su sonrisa tenía la carga erótica que las mujeres con sueños tan bien manejan.

Me agradan los hombres sin escrúpulos.

Ricardo iba a decir: Pues yo soy su presidente, pero se contuvo.

Esa mañana, su competidor más tenaz lo había desafiado: Te haré pedazos, Favela, te haré pagar de una forma en que ni cuenta te vas a dar, desgraciado ventajista; estás muerto, cabrón. Y le había mentado la madre de la peor manera. Él se mantuvo sereno, aunque le sobraban ganas de romperle la cara a ese cretino infeliz que, sin embargo, tuvo el valor de invadir su oficina y decirle las cosas de frente. ¿Esta belleza sería de su parte? Había que tomarlo con calma.

Me atraen los desconocidos.

¿Qué motiva a una mujer a entrar a la una de la mañana en una casa extraña y provocar de esa manera al primero que encuentra?

Tienes gustos temerarios.

Labios hermosos, ojos claros, serenos, rostro fino. Sonreía como Helena de Troya el día en que se fugó con Paris.

Es excitante.

Los límites de la coquetería los enterraron en una cápsula que habrán de abrir dentro de cien años.

¿Siempre buscas así?

Ella se instaló en seria, pero sus ojos seguían siendo brillantes.

Creo que me equivoqué.

Eso significa que debías entrar en la casa de la vecina.

Quizá me hubiera ido mejor.

No lo creo, es viuda y según me cuentan odia a las jóvenes hermosas.

La recién llegada de jeans entallados permaneció unos segundos en silencio, luego se arregló el pelo con una mano.

¿Podría salir por la puerta?

Favela la observó a fondo: 1.60, escote y senos discretos, caderas y muslos resplandecientes, botas sin tacón.

Por supuesto, y me saludas a Meléndrez.

La pelirroja le clavó los ojos y sonrió fríamente.

Ah, crees que me envía alguien: Meléndrez. Haces bien en desconfiar, pero nada, entré aquí por mi cuenta y riesgo, cuando te vi pensé que eras buena onda, pero no eres más que un pinche viejo macuarro al que seguramente castraron la semana pasada.

Te estás excediendo, jovencita.

No me salgas con que eres la corrección personificada.

Te seguía la policía.

Gesto de incredulidad.

Suspicaz y pendejo; por si lo quieres saber, eso me gusta; seguramente vives en un mundo en que la mayoría, si no es que todos, son tus enemigos y te cuidas hasta de tu puta sombra. Y por supuesto que una cara bonita te provoca ganas de cagar.

No tengo por qué escuchar tus insultos; allí está la puerta.

Sí, me largo; ahora mismo busco a los polis y a ver qué pasa.

Había determinación en su rostro.

¿Qué hiciste?

Nada que te importe, simplemente que uno de ellos quiere cogerme y como me niego cada que me ve no me la ando acabando con el acoso. Hace unos minutos le pateé los güevos y escapé. Lo más seguro era entrar en tu casa. ¿Tus problemas son tan estresantes que no puedes dormir? No te has desvestido, o acabas de entrar a casa con ganas de orinar y pensando en Meléndrez, o…

Favela llegó a su límite.

Linda historia, pero será mejor que te vayas.

Está bien, ahora mismo saldré por la puerta principal, como una reina.

El baño estaba próximo a la entrada. Caminaron hacia el lugar y

¡Ay!

Gritó ella como si alguien la estuviera atacando enconadamente.

Favela le tapó la boca con celeridad, mientras oteaba la escalera que conducía al segundo piso.

¿Qué pretendes, despertar a toda la familia?

Ella negó. Ojos desorbitados. Giró la cabeza rápidamente y quedó con la boca descubierta.

Si intentas echarme gritaré más fuerte, seguro aparecerán los policías que me perseguían y te acusaré de violación.

Pero tú entraste a mi casa y ni siquiera te he tocado.

Comprobar eso te llevará unas semanas, mismas que Meléndrez, o cómo se llame, aprovechará para hacerte la vida imposible.

¿Qué quieres?

Un tequila blanco, una cerveza oscura y estar en un lugar donde pueda quitarte la camisa.

Favela abrió la boca. Pensaba en todo, pero no sabía qué decir ni qué hacer.

Estás loca de remate.

Si no tienes tequila blanco me conformo con un buen reposado, pero la cerveza tiene que ser oscura. Y apúrate, no eres tan viejo ni estás tan enclenque, y si te despojaron de tu cosa, no te preocupes, no tengo planes contigo, y, por cierto, vas a engordar.

Una situación de riesgo no es real si no la corres.

El sexagenario supo que no tenía opción.

Toma asiento, voy por las bebidas.

¿No tienes miedo de que alguien baje y nos descubra aquí? Hace un momento vi cómo te clavaste en la escalera.

Tenía razón.

Ven, te llevaré a una habitación, te bebes tu cerveza y tu tequila y te vas, por favor. Procura hablar bajo.

Comprendió que no era de las que se callan fácilmente.

¿Y tú con qué le vas a llegar? Porque es de pésima educación dejar a una dama beber sola. Ah, ya sé, tu tecito de manzanilla para el estómago. Pinches hombres, son una mierda. ¿Por qué temen tanto morir? ¿Por qué quieren ser eternos? Está de güeva, ¿no?

Entraron en la habitación de su hijo Alejandro, que estudiaba en Monterrey, en la primera planta, al fondo. Ella se dejó caer sobre una cama oscura y él fue a la pequeña cantina. Puso en una charola lo que a ella le apetecía, se sirvió un Bushmills 21 años, derecho, y apagó las luces.

Cuando regresó al cuarto, ella yacía desnuda sobre las sábanas moradas.

A veces la vida se empeña en abrir puertas donde no las hay.

Cinco

Mendieta se durmió pensando en el extraordinario deseo del señor Favela. Qué loco, ¿no? Al día siguiente desayunó huevos con jamón y Nescafé.

¿Zurdo, le gusta Frank Sinatra?

Más o menos.

Pues traje un cedé con sus éxitos, lo voy a poner, si le molesta, se aguanta.

¿Entonces para qué me preguntas?

Estamos en su casa, Zurdo, aquí el que manda es usted.

¡Ah! Por favor, el día que yo mande en un metro cuadrado de esta casa no tendré que desayunar a fuerzas; y, por cierto, ya es suficiente.

Nada de eso, señor, usted se come todo, no puede llegar mal comido a su trabajo, me podría llamar el comandante Briseño y ya ve cómo es de enfadoso.

Mendieta sabía que no tenía alternativa, así que metió el tenedor donde tomara menos y puso atención a "My Way", con el señor de New Jersey, y al cedé de los Beatles donde podría estar "She Came In Through the Bathroom Window", que Ger sacó del estéreo y colocó sobre el aparato.

Desayunó lo que pudo y se marchó a la jefatura.

En el laboratorio de Servicios Especiales pidió a Stevejobs que le mostrara una foto de Milla Jovovich en la pantalla de una de las computadoras. Observó su belleza, sus ojos de gata, y si realmente la chica que entró por la ventana del baño se le parecía sería fácil encontrarla. No hay tanta perfección en el mundo. Suponiendo que esa foto tenga doce años, ¿cómo se verá ahora?

Steve, envejece una década esa cara, quiero ver qué tanto se conserva.

Esa actriz sale en *Resident Evil* y es una gran artista.

El joven, de pelo largo, lentes John Lennon, se instaló frente a la máquina.

Es guapa.

¿Guapa?

Guapísima, jefe, no diga que no; además es una de las actrices más inteligentes en la actualidad, mírela ahora en esta foto, madura, más bella.

¿Es gringa?

Sí, pero nació en Ucrania.

Si todas las ucranianas son así deberíamos hacer un tour por allá.

Sería un regalo de Dios.

En diez segundos apareció una imagen prácticamente igual que Mendieta observó con suma atención. Reflexionó: no te ves nada traqueteada, así que el viejo te va a reconocer al instante, después podrá morir tranquilo; a lo mejor le da un infarto y ahí nomás queda, con una gran sonrisa. No son muchos los que mueren de felicidad. Tengo que conseguirle ese momento único a como dé lugar. Al fin entiendo un poco mejor el sentido del último deseo. Perfecto, ahora tengo una idea de a quién estoy buscando. ¿Dónde resides morra, de qué la giras, con quién estás casada? Espero que no viva con un narco, porque si es así ya me chingué. A güevo le puso chichis y nalgas y ahora se parece a la Tesorito.

No cambió demasiado, ¿verdad?

Suponiendo que se mantenga sana y que no haya sufrido una enfermedad degenerativa, se verá así; una actriz como ella seguro sabe cuidarse.

Órale, gracias, Steve.

¿Qué hago con la foto, jefe, se la mando a su cel?

Buena idea.

¿Se la pongo como carátula?

Que sean las dos.

Se ve que ya le tomó cariño.

Esa morra no es ucraniana, Steve, es culichi, cualquier noche te la encuentras en el rol.

Ah.

Ponla rápido que tengo que largarme.

Una cosa más, busca quiénes eran los policías comisionados en la Chapule, en la zona donde está esta calle. Le pasó el nombre. Hace veintidós años y dos meses.

En el estacionamiento de la jefatura subió al Jetta, puso a Aretha Franklin, "I Say a Little Prayer", a volumen bajo, y salió.

¿Por qué le haría ese favor a Ricardo Favela? Tal vez porque hacer favores es una señal de que estás vivo, y ese día el Zurdo Mendieta estaba contento. Le llamó a Gris, quien escuchó atenta el caso y preguntó: ¿La buscaremos? Claro, ya estoy en eso; ¿cuánto te falta para completar tu licencia de maternidad? Muy poco, quizá pueda salir y apoyarlo. Nada, Gris, ya quedamos en que ibas a criar ese plebe como se debe, y le voy a comprar una bicicleta de montaña para que se rompa la choya en donde le dé su regalada gana; y por supuesto que cada vez que te necesite te marcaré. Usted manda, pero puedo salir por unas horas. Que no, entiende o pido que me envíen a alguien de la Academia para que te sustituya. Está bien, jefe. No te desesperes, si algo pasa rápido, es el tiempo; te voy a mandar la foto de la chica, Favela siempre le dijo Milla porque jamás supo su nombre. La espero y entérese: no la tendremos fácil, como usted sabe somos mayoría, y por lo que me cuenta se trata de una mujer que no dejaba huellas dactilares, sólo emocionales. Eso creo, que tenemos un patrón tan extenso que no será sencillo, pero ya sabes que me gusta la mala vida. Sí, y las cosas que no son frecuentes; además, es probable que en ese tiempo todas se pintaran el pelo del mismo color. ¿Ahora no es así? Seguimos igual, los colores de pelo también se ponen de moda; actualmente las jóvenes se tiñen con colores fuertes como el verde, el anaranjado o el morado; pero las adultas preferimos tonos tradicionales, aunque la mayoría queremos parecer gringas. ¿También tú? Aún no, pero cuando lo necesite, ya veré. Bueno, mete en tu cabeza lo que te he contado y cualquier idea que consideres relevante, échame un cable; puedes empezar por averiguar si todas se teñían el pelo de rojo hace veintidós años. Quiroz habló en la radio del asesinato de un excomandante, ¿sabe algo? Estuve en el lugar, pero es un caso para Pineda, más de cien casquillos y una camioneta negra devastada. Pues ya salió de ésa. Y sin entrar, ahora tendré más tiempo para clavarme en la búsqueda de Milla Jovovich, como le dice el viejo. Por alguna razón siempre hay unos ojos que lo ven todo, pregunte a los vecinos del señor. Buen punto, agente Toledo, estamos en contacto. A la orden, jefe, 10-4.

Mendieta pensó en buscar pronto a la secretaria del viejo, ésa que seguramente atendía a Milla cuando lo visitaba. Álex la vio el día que fue a conseguir el permiso para viajar a California. ¿Iría a buscar a Susana el cabrón? Pinche puto, es muy capaz. *Tranquilo, Zurdo*, intervino el cuerpo. *No estés pensando pendejadas, no sabías que estaba allá, ¿por qué él habría de estar al tanto? Y por favor acepta que se venga a vivir con nosotros; tengo ganas de dormir con ese cuerpazo.* El detective sonrió. Cabrón, no tienes remedio, eres el cuerpo más libidinoso del mundo.

Se presentó en la casa de los Favela sin avisar.

Álex lo recibió un tanto mosqueado, pero le agradó el profesionalismo del detective. Se veía desvelado.

¿Quieres desayunar?

Ya lo hice, gracias, mejor muéstrame el baño.

Pasaron. Mendieta escudriñó el lugar y no encontró nada especial. Desde luego que la ventana permitía, sin la reja instalada en algún momento y los cristales, el paso de una persona esbelta sin mayor problema. Imaginó la escena: Milla vio la ventana con un poco de luz, supuso que era un baño, que podía entrar y le vino la urgencia de orinar. Allí encontró al viejo que lejos de atemorizarla le gustó para jugar con él. ¿Cuántas mujeres son capaces de actuar así? Probablemente muchas.

¿Un café, Edgar, algo?

Gracias, Álex, en otra ocasión. ¿Tienes la dirección de la secretaria?

Aún no, pero esta tarde te la consigo.

¿Los vecinos son los de siempre?

Creo que ninguno, no tengo la menor idea de quiénes viven ahora en nuestra cuadra; mi mamá dice que son narcos, pero no puedo asegurarlo.

Se despidieron. Echó una ojeada al barrio como le sugirió Gris, pero no encontró nada que llamara su atención: tres casas abandonadas, cuatro habitadas, una farmacia y un Oxxo.

Regresó a su oficina con ganas de resolver rápido el asunto. Esa chica atrevida debía estar en alguna parte. Angelita le preparó un Nescafé cargado, apenas lo había probado cuando sonó el teléfono interno. La secretaria descolgó, escuchó y se volvió al detective: Jefe, el comandante Briseño lo requiere en su despacho. ¿Dijo para qué? Sólo que se presente de inmediato. Tomó un segundo trago del vaso desechable y se encaminó en busca del funcionario. La secretaria lo pasó de inmediato. El comandante estaba concentrado en unos papeles, Mendieta tomó asiento y esperó. De pronto tuvo la mirada profunda de su jefe clavada en la cara. Como sabes, porque estuviste en el lugar de los hechos, anoche mataron a un antiguo comandante de la Policía Ministerial. Lo masacraron. Eso dice el informe de Ortega que acabo de leer, y es una lástima porque el señor era un mito, se atrevió a balconear a una banda de militares que eran narcos, atrapó al jefe del grupo y lo metió en prisión; eso le costó la carrera, no hubo nadie capaz de sostenerlo dentro de la policía. Se autoexilió, pero tenía varios años en Culiacán. Hace unos meses, Sebastián Salcido, el delincuente que llevó a la cárcel hace bastante tiempo, salió libre. Briseño bebió un poco de café. Por la manera en que lo mataron, al fiscal general del estado y a mí nos gustaría saber si él tuvo algo que ver. Anoche vi a Pineda muy aplicado. El comandante lo volvió a barrer con la mirada. Esto no lo va a llevar Pineda, lo vas a resolver tú. ¿Yo? Pero si a todas luces se nota que es para Narcóticos. Pues lo acabo de cambiar de área, así que reúne a tu equipo y a trabajar, Gerardo Manrique no merece que su asesinato quede impune, y antes de que me preguntes, no contamos con ninguna información relacionada con Salcido y, curiosamente, el comandante tampoco tiene ficha. ¿Cómo logró embuchacar a un tipo de esos? Al parecer tenía pruebas contundentes pero las desconozco. Hubo un silencio suave en que el Zurdo comprendió que partir de cero podía tener sus ventajas. ¿No teme que le pase lo mismo que a Manrique? ¿Perder mi carrera? Pues no, además mi mujer estaría feliz. Sonrieron. ¿Lo conoció? No, entre él y yo hubo dos comandantes, pero mi antecesor hablaba de él como un hombre muy especial, valiente e inteligente. ¿Tiene su número? Pídeselo a mi secretaria y vamos, que no tenemos todo el tiempo; ¿cuándo regresa Gris Toledo? En un mes. ¿Tanto? Jefe, tiene derecho a su licencia, recuerde que la secuestraron y le sacaron el bebé: no fue un parto normal. Es cierto, disculpa, pero en cuanto esté en condiciones, que nos eche una mano. Ni se le ocurra planteárselo, déjela que críe al morrito como se debe. Está bien, llévate a Robles, por alguna razón le encanta trabajar contigo. Como los secuestros no se acaban, que es su especialidad, lo voy a dejar como una opción; usted sabe que cuando Pineda y yo nos encontramos nos damos besos, así que no lo quiero por ahí merodeando. Está bien, le enviaré un memorándum; ahora largo, que te sobra trabajo. Luego llamó a su secretaria. Marca a la pescadería Medina, si tienen un pargo grande que pueda zarandear, que me lo aparten, en unas horas paso por él, y un kilo de camarón de bahía para ceviche. El Zurdo pensó: No sé si comer de esa manera sea un vicio peor que el del alcohol: pobre comandante.

Diez minutos después estaban reunidos en la pequeña sala de juntas. Ortega, el Camello, Terminator, Robles y el Zurdo. Bebían café en vasos de unicel que Angelita les había llevado. Ese caso es para Pineda, dijo Robles. Era, ahora es de nosotros; el comandante me ha dicho que Gerardo Manrique era un policía ejemplar y que tanto el procurador como él quieren saber si Sebastián Salcido, un viejo narco que encerró el muerto y que salió hace poco, tuvo vela en el entierro. ¿Y luego? Pues a lo mejor lo invitan a cenar o le hacen una fiesta. Sonrieron. ¿Y si no fue él? Pues vamos sobre el que haya sido. ¿Encontraste algo que nos pueda servir, Ortega? Nada, la camioneta está a nombre del muerto, cedés de corridos, un celular que estamos analizando y una Beretta sin tiros; al parecer se defendió. ¿Cuándo se presenta Gris? Aún le falta, pero seguro nos va a echar una mano, ya veremos en qué. Robles, investiga todo sobre la detención de Salcido, que Ortega te muestre los archivos. Camello y Terminator, pregunten por ahí si algunos militares andan inquietos. ¿Y sobre el comandante Manrique? No sabemos ni dónde vivía. Le pediré a Gris que se encargue, voy a volver al lugar del crimen, los vecinos dicen que fue una Hummer negra y un carro pequeño, quizás alguien vio algo más; si Gris puede le pediré que me acompañe. Ese niño está a punto de empezar su carrera policiaca. Es cierto, pediremos que le den su charola de inmediato. Mientras sus compañeros salían, el Zurdo le marcó a Montaño. ¿Cómo estás, doc? Muy bien Zurdo, gracias, ¿y tú? Con la novedad de que el caso de Gerardo Manrique pasó a Homicidios; ¿algo de la autopsia que debamos saber? Poca cosa, murió acribillado, como viste, había cenado tacos de cabeza con agua de jamaica. Era un hombre sano; ¿ya recogieron el cadáver? Estamos en eso, su esposa está aquí desde temprano. Antes de que se lo entregues, danos tiempo de platicar con ella, vamos para allá. Luego llamó a Gris. ¿Cómo está el plebe? Dormido, es un buen niño. Le pidió que lo acompañara al Servicio Médico Forense, que se llevara al morrito.

Al salir encontró al jefe de Narcóticos. ¿Qué es eso de que te haces cargo del asesinato del comandante Manrique, Zurdo, malhecho? Creo que el señor despertó y pidió que nos pasaran el caso, aquí estamos y confiamos en tener buena suerte. El otro balbuceó alguna maldición, pero no la quiso escuchar, se alejó rápidamente. Reconoció que le empezaba a tomar cariño al asunto. En el Jetta puso el cedé de *Let It Be* de The Beatles, buscó la rola de la morra que entró por la ventana del baño pero no la traía, ¿qué onda? Dejó "The Long and Winding Road", y pensó que el mundo no tenía remedio, salvo los espejos.

Seis

Resplandecía. Cada parte de su cuerpo estaba excitada. Vello claro en su pubis. La noche es un costal sin fondo. Favela reaccionó. Aseguró la puerta y se acercó a la cama, ella lo seguía con ojos de ¿por qué tardas tanto, pendejo? Colocó la charola sobre un libro de fotos de Antonio López Sáenz que aguardaba encima del buró, le pasó la cerveza y el tequila y tomó su whisky.

Salud.

Expresó ella con sonrisa descifrable, bebió el caballito completo y probó la cerveza. El hombre consumió su copa y la colocó en la charola, lo mismo que el caballito vacío. Se desnudó rápidamente, dio tiempo para que ella acariciara su miembro.

Qué bueno que lo salvaste.

Apagó la luz y se acostó. Besos. Empezaron despacio, paso a paso, hasta que los labios fueron el faro que guio en la oscuridad; entonces ella se giró para besar ahí, donde más lo desquiciaba, y al mismo tiempo ofrendar su sexo a merced de aquella boca. Ambos sabían que debían ser lentos. Que entre las caricias que se comparten ésta era la más íntima, la más intensa y la que enunciaba el grado del deseo. Lamer, chupar, morder con suavidad.

Embriágate, viejo cabrón.

Ambos tenían frutas palpitantes en sus bocas. Dejaban que el tiempo se extraviara en la humedad y esta vez fue él quien quiso cambiarse. Deseaba hundirse. Acabar con las guerras y declarar otras. Ella le pidió que besara sus nalgas. Él las besó, las lamió sin prisa mientras sus dedos masajeaban con suavidad su vulva húmeda. Ella eligió montarlo mientras él se concentraba en sus pezones excitados, endurecidos. Una cascada pelirroja cubría la cara del varón. Luego sintió cómo aquel cuerpo magnífico se deslizaba en su miembro y se movía suave, cadencioso, subiendo y bajando como la única marea del mundo. Ojos cerrados. Abiertos. Subir. Bajar. Subir, bajar, fue un minuto de fuego que se fundía con la respiración, saliva y sudor que bañaba toda su piel. Se movieron con violenta suavidad. Ahora él encima, lamió su cuello. Ella emitió leves sonidos de placer, hasta que una mezcla de líquidos inundó sus cuerpos, así cerraron aquel círculo virtuoso. Se fueron quedando quietos. Amurallados por el siguiente paso. Qué tiempo suspendido el de la carne, tan especial que ni Einstein pudo definir. Qué soberbio, que jamás se ajusta a los relojes.

Mientras la habitación recuperaba su aroma a madera y abandono, ambos desearon que cayera un rayo.

Siete

Jefe, al parecer no se libró de ese caso. Lo bueno es que aquí estamos los dos. Se encontraban afuera del edificio gris del Semefo. El niño dormía bien cubierto en su portabebé. La esposa de Manrique era guapa, bien formada. Cuarenta y cinco años, cabello claro, blanca, rasgos finos. Se llamaba Davinia Valenzuela. Les contó que tenían dos hijas, una de ellas debía casarse en unos días pero ahora iba a posponer la ceremonia, y la otra, más joven, estudiaba en la Universidad de Guadalajara. Veinticuatro años de casados.

¿Por qué se pensionó tan pronto su esposo?

Teníamos nuestra primera bebé y todo nos sonreía, hasta que metió preso a Sebastián Salcido, un militar narco; entonces todo cambió, empezó a recibir amenazas casi todos los días y le pidieron la renuncia; no lo pensó dos veces porque yo tenía mucho miedo y creo que él un poco.

Les dijo que vivieron once años en Obregón, Sonora, y que hacía como diez regresaron, que vivían en la colonia Nuevo Culiacán y la pasaban bien.

¿Supo si nuevamente recibió amenazas cuando volvieron?

No, creo que nadie lo recordaba; hace como tres meses lo noté pensativo, le pregunté qué le pasaba

47

y me dijo que Salcido estaba libre, pero no me pareció que tuviera miedo. A lo mejor se había rehabilitado.

¿Nunca recibió llamadas o mensajes de él?

No que yo sepa, jamás me comentó algo y, como le digo, nunca lo noté temeroso. ¿Creen que ese señor tuvo algo que ver?

Pues no, en este punto sólo hay sospechosos, la investigación apenas comienza y estamos atando cabos.

Gris Toledo grababa la conversación sin descuidar el portabebé. La señora Valenzuela se quedó pensativa.

Además de su casa, ¿tienen alguna otra propiedad?

Nada, y si lo quieren saber, la pensión apenas nos alcanza para pasarla más o menos. Mi esposo era un buen hombre, un policía que nunca aceptó dinero; cuando iba por Salcido le ofrecían costales de dólares, pero jamás tomó un billete ni para recuerdo. Estaba convencido de que era su deber actuar bien. Era el único; no sé cómo sean ahora ustedes, pero en ese tiempo todos eran corruptos.

¿Tenía algún amigo de confianza?

Nadie quiere ser amigo de un policía honrado. Y de los civiles, sólo mi familia, mis hermanos, Francisco, que está adentro, y Damián, que vive en Estados Unidos.

Les contó que era de Badiraguato y que tenía una semana de visita en casa de su hermano. Se hallaban en eso cuando el señor salió.

Davinia, tienes que firmar unos papeles; mientras me quedo con los detectives.

Gracias, ahora voy.

La señora se quedó un momento quieta, se limpió las lágrimas y se retiró. Gris tomó la palabra:

¿Podemos hacerle unas preguntas, don Francisco?

Las que guste.

Cuéntenos de su cuñado.

Era un buen hombre: valiente, arriesgado, muy terco y honrado a más no poder.

Los que lo asesinaron le tenían mucho odio. ¿Ha pensado usted qué enemigo tenía Manrique capaz de hacerlo de esa manera?

Hubo unos segundos de silencio.

Realmente no sé, podría decir que Sebastián Salcido, que salió hace poco de la cárcel donde él lo metió; pero ahorita todos matan así. Los plebes tienen armas de repetición instantánea y el dedo muy caliente; así que disparan a lo loco.

También le dieron un bazucazo.

Eso es otra cosa, y eso sí indica que puede venir de Salcido o de uno de sus amigos.

¿Conoció a Salcido?

Lo vi un par de veces, un militar alto, fuerte, bien parecido; fue el jefe de la banda que Gerardo deshizo. Eran puros militares.

Hubo una pequeña pausa en la que el niño se movió un poco y luego se quedó calmado.

¿Salcido vive en Culiacán?

No tengo idea.

En sus tiempos de policía, o en su retiro, ¿su cuñado recibió protección de alguien?

De nadie. Un hombre honrado es un hombre solo, a Gerardo ni siquiera el gobierno lo protegió, esos hijos de la chingada.

¿Y los narcos?

Menos, Salcido era muy fuerte, y lo que mi cuñado hizo fue golpear en la cabeza, pero hasta ahí llegó.

¿Supo si los miembros de la banda continuaron operando?

No puedo asegurarlo, jamás volvimos a saber de ellos; aunque tal vez ustedes deberían estar al tanto.

Es verdad.

¿A qué se dedica, don Francisco?

Siempre hemos sido abarroteros, como mi hermano se hizo gringo me tocó heredar el negocio familiar. Estamos en Badiraguato para servirles.

Salieron la señora y Montaño. El cuerpo lo velarían en el pueblo mencionado y allá lo enterrarían. Se despidieron. Davinia y su hermano se fueron en una troca seguidos de una carroza. El doctor miró al niño y sonrió.

Cómo ha crecido.

Los tres se ocuparon un momento de Rodolfito. Luego el Zurdo y Gris abordaron el Jetta, el Zurdo le bajó volumen a Queen: "Crazy Little Thing Called Love".

Esa canción es bonita, ayer la escuché. Queen está pegando fuerte otra vez, hasta hicieron una película sobre ellos.

El niño quiso comer y mientras eso sucedía los detectives volvieron al caso. Pensaban que la señora no estaba enterada del duro trabajo de su marido pero su hermano sí.

No creo que Manrique anduviera por ahí contando sobre sus investigaciones.

¿Entonces cómo se enteró su cuñado de lo que dijo?

Se lo tendremos qué preguntar.

Sabe una cosa, jefe, nunca supe de una banda de militares narcos y de que el cabecilla fuera detenido por uno de los nuestros.

Tampoco yo, pero debe haber sido una bomba, sobre todo porque ellos tienen su propio sistema de justicia. ¿Sabemos dónde estuvo preso?

No.

Cuando termines de amamantar, Márcale a Robles y que averigüe.

Dejó a Gris en su casa y se comunicó con Stevejobs.

¿Cómo vamos con los pendientes? Tengo el nombre y la dirección de los polis. Perfecto, mándamelos en un WhatsApp; otro favor, Steve, investiga a una banda de militares de hace veintiuno o veintidós años. El jefe, Sebastián Salcido, purgó una larga condena pero salió libre hace unos meses. También averigua sobre el comandante Gerardo Manrique, el policía al que asesinaron anoche. Copiado, en cuanto tenga algo le hago un resumen y se lo envío. ¿Algo nuevo acerca de Milla? Nada, pero estoy escarbando; la que parece que hará una nueva peli es la actriz. Cuando se estrene, cuenta con dos entradas. Gracias, jefe. ¿Te ha pedido ayuda Robles? No, está clavado revisando archivos. Bien, déjalo, pero si te la pide no lo dejes abajo. Ya está.

Era tarde, decidió pasar al café Miró por unos bocadillos y una cerveza fría.

Se oyó el Séptimo de caballería. Era Álex Favela.

¿Te paso el domicilio de Matilde ahora o cuando vengas al hospital? De una vez. Anotó los datos. ¿Cómo está tu papá? Bien, descansando, mi hermana me contó que habló dormido y que mencionó nombres raros, que sólo entendió bien el de Meléndrez, un empresario enemigo de mi papá que murió hace unos quince años. Quizá mencionó el de Milla. Pienso lo mismo, pero mi hermana no lo captó.

Se despidieron, Mendieta no quiso decirle que esa noche no se acercaría al hospital. En el sonido del café se oía "Moonlight Serenade", con Carly Simon, y se dejó llevar por un recuerdo que no era suyo.

Ocho

Una semana después se encontraron en una habitación del Motel San Luis. Ella vestía jeans holgados, una blusa de color amarillo muy suave y un perfume que él no descifró. Lo besó cálidamente.

Mmm, estás muy guapo, hombre de mundo.

Le murmuró al oído, después levantó el teléfono y pidió servicio a la habitación: salmón a las finas hierbas, un tequila blanco, una cerveza oscura y un whisky derecho. Luego miró a Ricardo, que observaba atento la maniobra.

Muero de hambre.

Exclamó y lo besó otra vez. Él se extasió con la fineza de su cara, la perfección de sus labios, el color arenoso de sus ojos.

¿Cómo estás, hombre invencible?

Feliz de verte, y de constatar que de tarde eres más hermosa que de noche.

¿Lo crees?

Sin la menor duda.

Lo besó con pasión contenida.

Eres un cabrón, ¿lo sabías?

No.

Le mordió ligeramente una oreja.

¿Y si te dijera que soy la enviada de Meléndrez?

Le llamaría para darle las gracias.

Pasó sus labios por su cuello. Favela se asió a sus nalgas firmes. Sin duda hacía ejercicio. Luego acarició uno de sus senos, la besó sobre la blusa.

La lujuria es una virtud que crece con los años.

Espera, cogelón, los del servicio no deben tardar y no quiero que se emocionen si nos ven en plena acción. Mejor cuéntame quién es Meléndrez.

¿Estás segura?

No.

Lo besó con deseo y palpó su erección.

Mmm, estás tan tibio y caliente como yo, viejo cabrón, pero ¿quién es ese tipo que tanto te preocupa?

Es un competidor; el día que te conocí tuvimos una violenta discusión en la que amenazó con borrarme del mapa. Aún recordaba sus palabras cuando te vi de cerca y pensé que podrías ser una trampa.

Qué emoción, imagínate: una trampa; algo así como una chica Bond.

Exacto, ¿puedo saber qué haces?

Claro: nada, no trabajo, no estudio ni soy gente de provecho. Simplemente vivo la vida.

¿Así nada más?

Pues sí.

Pero ¿vives en algún lugar?

No me digas que quieres llevarme después a mi palacio. Lo que digo: eres un cabrón bien hecho.

No lo preguntaba por eso; simplemente pienso que no puedes entrar en un domicilio distinto cada noche.

¿Por qué no? Hay como cien casas que se me antojan.

¿Vives con alguien?

Falta que me digas que estarías dispuesto a enfrentarlo ferozmente como a Meléndrez.

Le rompería la cara.

Definitivamente eres un hombre de mundo, Ricardo Favela: nada te detiene, eres un maldito troglodita y también un casanova.

Beso rico y prolongado. Toc, toc, toc. Favela abrió.

Un mesero cansado entró empujando un carrito. Lo dejó en el centro. Ricardo le dio una generosa propina y se retiró. Ella se bebió el tequila y tomó la cerveza.

Salud, viejo verde.

Bebió un trago largo. Enseguida abrió la charola de la comida y el aroma invadió la habitación. Tarareando una canción imperceptible le añadió salsa y comió despacio. Ricardo odiaba el salmón, le provocaba náuseas, sintió un incontrolable deseo de vomitar, pero resistió. Conversaron un poco de Meléndrez, del clima y de la increíble noche que pasaron cuando se conocieron y la manera en que ella tuvo que salir de la casa sin ser vista. Cuando terminó de comer la pelirroja, Ricardo de inmediato sacó el carrito al pasillo y lo alejó lo más que pudo. Ese maldito aroma lo mataba. Con el fin de reponerse esperó un minuto al lado de la puerta de su habitación. Al entrar ella no se mostraba desnuda como la vez anterior, estaba vestida y profundamente dormida.

Nueve

Ocho de la mañana. Matilde Anchondo vivía en una pequeña casa de interés social con dos metros de jardín al frente. Era simpática, de ojos brillantes, algo gruesa de cintura. Divorciada. Recibió al Zurdo en el porche donde había dos mecedoras. Después de las presentaciones se sentaron y manifestó:

Qué susto, detective, recibir una visita de la policía y a esta hora tan temprana; enferma a cualquiera.

Sólo a la gente decente, como usted, Matilde.

Gracias.

Conservaba el encanto de la gente agradable.

Usted fue secretaria de Ricardo Favela durante veinticinco años.

Una fina persona; estuve veintinueve años con él hasta que vendió la empresa y nos jubilamos.

¿La indemnización fue de su gusto?

Claro, todo dentro de la ley y con un agregado generoso.

Me alegra saberlo. Él tuvo una amiga.

¿Una? Fueron un montón, tenía el ojo muy alegre don Ricardo.

Hubo una.

Mendieta le mostró las fotos de su celular.

Fíjese en la versión joven, ¿la recuerda?

Cómo no, era bellísima; su cara parecía de porcelana, muy suave, y era muy simpática. Visitó pocas veces al señor, pero cada vez que venía me traía un detalle: flores, dulces, bombones. Era muy lista, jamás quiso darme su nombre ni su dirección.

¿Qué apodos utilizaba?

Era muy chistosa; llamaba y decía que de parte de la reina de los árboles para ahorcar gente estúpida o la secretaria de Meléndrez, un empresario que odiaba al señor Favela.

¿Segura que no dijo su nombre?

Ni en los apodos. Era muy hermosa, al señor le dolió mucho cuando ya no la vio.

Tanto que se lo comentó.

Pues es que tuve que ser su celestina muchas veces. No me quedó de otra. Cuando pasó lo de esta chica, don Ricardo se aceleró, estaba desesperado, tanto que hasta me pidió ayuda para localizarla. La busqué en cuanto lugar se nos ocurría que podría estar, pero fue imposible.

Como si se la hubiera tragado la tierra.

Haga de cuenta.

¿Nunca la viste fuera de la empresa?

Jamás. ¿Sabe una cosa? A veces, cuando se iba, me asomaba por la ventana para ver si traía carro o tomaba taxi; pero nada, siempre desaparecía al salir de las oficinas, que estaban en un segundo piso.

Por su tono de voz, ¿de dónde sería?

Más culichi que la madre que la parió, digo yo.

¿Qué flores te llevaba?

Rosas, ¿qué se cree? Y los dulces casi siempre eran chocolates Ferrero, riquísimos.

Y por supuesto que no tenía cicatrices.

Ninguna, sus manos y su cara lucían impecables. De lo demás, apenas el señor, que, por cierto, hace como dos años que no sé de él; espero que esté bien el viejo chuparrosa.

Está bastante mal de salud.

No me diga, ¿está en su casa?

En el hospital Ángeles.

Pobre señor Favela, es una gran persona. ¿Él lo mandó a buscar a esa niña?

¿Qué edad le echas, Matilde?

En esa época, seguro tenía unos veinte o veintidós. El señor también era un hombre de muy buen ver.

Matilde, te voy a dejar este teléfono, es de la detective Gris Toledo; si recuerdas algo, lo que sea, llámala, por favor. Una cosa más: hay lugares donde las mujeres se encuentran, el súper, estéticas especializadas en maquillaje o barniz de uñas, el ginecólogo. ¿Nunca te la topaste?

Jamás, detective, de verdad, la hubiera reconocido al instante. ¿Puedo saber por qué la busca con tanto afán?

Te voy a decir, pero no lo comentes con nadie: me quiero casar con ella.

No me diga.

La mujer sonrió.

¿No será que don Ricardo quiere verla?

Se despidieron sonriendo. En su oficina, encontró un recado del jefe: No olvides que el informe es diario. Luego fue a la pequeña sala de juntas donde lo esperaban los muchachos. Tomaban café del Oxxo, que el Zurdo consideraba peor que el Nescafé, pero más barato.

¿Cómo anda la mecha? Todos hicieron gestos afirmativos. Bien, entonces desembuchen, al comandante le urge saber qué onda. Mis contactos dicen que no se oye nada especial de delitos de milicos aunque toda la vida se oye que andan en esto o aquello, informó Terminator. Los míos igual, aunque uno de ellos, que por cierto tiene como diez años de cabo, dice que nota algo. Como qué. No supo explicar, reveló que como una alegría, que varios desde hace un par de meses andan muy sonrientes. Les llegaría un aumento de sueldo. No supo decirme, pero señaló que allí cuando eso sucede es que las aguas se mueven. Deja pasar unos días, lo buscas cuando esté franco, le invitas unas chelas y veremos si tiene algo nuevo. Robles contó que no hay informes sobre la detención de Salcido, que en la hemeroteca sólo encontró un artículo incompleto; que pidió ayuda a Stevejobs y que apenas localizaron una nota en un periódico local que contaba el hecho a grandes rasgos, al parecer había sido detenido en el hotel Executivo, pero no señalaba si en una fiesta, una habitación o en el lobby. Ahora ve al hotel, con la fecha del artículo le pides al gerente, aunque en ese tiempo no trabajara allí, que te diga si hubo una fiesta ese día; no te va a enseñar los archivos de clientes, pero si no hubo pachanga lo apañaron en una habitación, el restaurante o en algún lugar del hotel. ¿Si me pide una orden de un juez? Le dices que el buen juez por su casa empieza.

Les contó de la conversación con la viuda de Manrique y de que el niño de Gris se la pasa comiendo. Le pidió a Robles que vieran si el cuñado, Francisco Valenzuela, estaba fichado. Camello y Terminator, vayan a Badiraguato y quédense un rato en el velorio de Manrique; si los miran feo, hablen con la viuda, se llama Davinia y díganle que están a sus órdenes, que los envió el comandante Briseño. Le vino una idea y preguntó por el Gori. Está con unos ladrones de combustible que no quieren soltar la sopa de a quién se lo venden. Ah, ¿cómo les dicen ahora? Huachicoleros, creo que viene de una palabra indígena. Terminator, dile que descanse un rato y que venga a mi oficina; nos vemos por la tarde si surge algo, o mañana temprano.

Pidió a Angelita que le hiciera una cita con el comandante Leobardo Espinoza, antecesor de Briseño, que le dijera que deseaba platicar con él sobre Gerardo Manrique, asesinado recientemente. Minutos después el torturador llegó tranquilo, tenía la playera manchada de sangre pero se había lavado la cara y las manos.

A tus órdenes, Zurdo, ¿para qué soy bueno?

Gori, ¿cuántos años tienes en la corporación?

Unos veinticinco.

Ya puedes jubilarte.

¿Y luego qué hago? Además nadie se anima a hacer mi trabajo, no me digas que me quieres cortar.

Cómo crees, como bien dices, eres único en tu especialidad.

Y con mis años de experiencia es raro que falle, por ejemplo, los ladrones de gas que me trajeron ya confesaron; su jefe es un político que sale muy seguido en el periódico declarando que está luchando contra la corrupción.

Después me cuentas. Oye, ¿conociste al comandante Gerardo Manrique?

Claro que sí, era duro, muy firme y muy temerario.

¿Te acuerdas de a quién metió preso?

A muchos, pero el más famoso fue el capitán Sebastián Salcido, un pesado.

¿Sabes dónde lo apañó?

¡Cómo no! Yo y otros seis compas íbamos con él.

Mira nomás, ¿y cómo estuvo la machaca?

Le caímos en el hotel Executivo, se hospedaba en una suite; se divertía con tres muchachas cuando llegamos; en el vestíbulo había varios de su gente y afuera de su habitación vigilaban cinco tragaldabas de negro; pero Manrique tenía los güevos bien puestos, pasó entre los batos que no supieron qué hacer, y nosotros lo seguimos, eso sí, con los rifles listos para que volaran pelos. Entramos y allí nomás estaba muy sonriente el capitán, con una copa en la mano y fumando; el comandante Manrique lo enfrentó: Date por preso, Salcido, y nosotros le pusimos los cuernos frente a los ojos. Nos miró calmadamente a cada uno, como para gravarse nuestras caras, y ordenó a las morritas: Chicas, al baño por favor, y ellas desaparecieron. Luego con gesto de hijo de la chingada encaró al comandante: No puedes detenerme, Manrique, soy militar y tengo fuero.

Claro que puedo, capitán, has violado las leyes de este país y para mí con eso es suficiente; se wacharon machín, con odio concentrado, luego el guacho alzó los hombros despreciativo, como que no quiso confrontarse con el comandante, seguramente pensaba que la tenía pelada con sus compas de más arriba. En ese momento más de veinte agentes nuestros aparecieron en el vestíbulo, frente a la raza de Salcido, puro cabrón despiadado vestido de negro. Bueno, ¿me vas a esposar o qué? Se burlaba el bato, su voz era rasposa, bien gacha. Manrique lo hizo y lo sacamos al güey. Los periodistas estaban avisados y sacaron todas las fotos que quisieron. Fue una cosa bien cabrona, mi Zurdo, nunca estuve en algo parecido; se publicó en todos los periódicos.

¿A dónde lo llevaron?

Directo al aeropuerto y de ahí a la Ciudad de México.

Era un militar poderoso, ¿por qué crees que no lo soltaron?

Según decían tenía muchos enemigos dentro y fuera de la milicia, seguramente maniobraron para que lo encerraran.

Y también amigos, toda la información desapareció de la policía, hasta los recortes de periódico. ¿Crees que el bato fuera Zeta?

No me parece, ésos eran otros compas, más cabrones que él, aunque a los dos les gustaba el color negro en la ropa y los carros.

¿Qué pasó después, por qué se fue Manrique?

No se informó, tampoco se despidió, pero creo que recibió amenazas.

¿De quién?

Era una banda, mi Zurdo, cualquiera pudo hacerlo.

O todos. ¿Manrique tuvo algún amigo?

No era amistoso, nunca se tomó una cerveza con nosotros ni nos contó algo sobre lo que tramaba; era muy reservado.

Pues lo mataron antenoche.

Me enteré.

¿Cómo la ves, mi Gori?

No sé, peliaguda.

Creo que eras un buen policía, ¿por qué cambiaste de giro?

Sonrió.

Encontré mi verdadera vocación aquí, sacando confesiones difíciles.

Qué suerte. Oye, ¿en qué se basó Manrique para torcer a un militar tan cabrón?

Nunca dijo, pero creo que tenía fotos y unos videos que comprometían al guacho machín. Según decían, salía recargado en un camión de coca y con miles de dólares a la vista.

¿Alguna vez les echaste un ojo?

Jamás, si lo hubiera hecho no dudaría en contarte.

Chingón, mi Gori.

Sé que hay juegos de dominó que nunca terminan, mi Zurdo, y hay fichas que pueden desaparecer, pero no se pierden.

Exactamente, Gori, muchas gracias, y si ya tienes la confesión de esos morros vete a descansar.

Si necesitas algo, ya sabes dónde estoy.

¿A ustedes, los que entraron con Manrique, nunca los amenazaron?

A mí no, muy a tiempo me perdí en estas mazmorras, si me buscaron no lo supe; los otros se retiraron en cuanto el comandante lo hizo.

¿Qué pasó con ellos?

No podría asegurártelo, pero creo que, como dicen, pasaron a mejor vida.

Bien, tómate el día, mi Gori, saludos a tu señora.

Gracias, mi Zurdo.

Mendieta meditó unos minutos, escribió cuatro líneas en un papel, lo dejó sobre el escritorio de la secretaria de Briseño, que redactaba una carta, y abandonó el lugar. Vio en su celular que tenía mensaje de Stevejobs pero no quiso leerlo. Le cayó en sus dominios.

Qué onda, Steve.

Le envíe los datos de los policías comisionados en la Chapule en las fechas que le interesan, pero creo que no los ha visto.

Chin, es verdad.

Se los mandé a su celular.

Ahora veo qué rollo.

Abrió el mensaje: Alexis Bringas, con domicilio en la colonia Burócrata, y Efrén Uriarte, fallecido cinco años atrás, con la dirección de la viuda.

Órale, ya está, gracias Steve, nos vemos luego.

A la orden, jefe.

Le marcó a Gris.

Diga usted. ¿Cómo andas mañana temprano? Ocupada, tenemos cita con la pediatra, pero después lo que se le ofrezca. ¿Está enfermo el morro?

No, es el chequeo del segundo mes. Muy bien, entonces mañana te llamo para que me eches una mano. Si me recibe a tiempo la doctora, a las diez estoy libre. Listo.

Se quedó dos horas en su oficina analizando la información y vio que no tenía ni pies ni cabeza. En ese dominó las mejores fichas seguían perdidas.

Diez

¿Por qué no llamaste? Pensé que pasarías por la oficina.

Estuve toda la semana buscando árboles en que hubieran colgado a alguien. Por eso no te busqué.

No creo que existan, vivimos en una ciudad civilizada.

No estés tan seguro. Dicen que Tere Margolles encontró dos.

¿Conoces a Tere Margolles?

No, lo escuché en una conversación el año pasado y me pareció buena idea: buscar esos árboles como si la ciudad fuera un bosque maldito.

Es una gran artista.

Eso comentaron algunos y otros todo lo contrario.

En asuntos artísticos los desacuerdos casi siempre son los más notables acuerdos.

Señalan eso como parte de la grandeza; ya ves lo que aseguran: lo importante es que hablen, no importa que lo que digan sea devastador.

¿Eres artista?

Claro, para mí vivir es un arte y cada día me esfuerzo por hacerlo mejor.

Eres increíble.

La besó.

No pienso contradecirte, viejo cabrón.

¿Qué pasará si encuentras uno de esos árboles?

Te llevaré allí para perdernos.

Mmm, excelente idea, conozco una docena.

¿Una docena? Con uno puedo hacer una puerta para mi casa.

¿Por qué no quieres que sepa dónde vives?

Tú eres un hombre de mundo, ¿por qué crees que nos encontramos?

Pues porque te metiste por la ventana del baño de mi casa.

No, piensa más, tarado, porque soy ciudadana del mundo también. Y ahora voy a besarte todo.

Mmm, primero yo a ti.

Te afeitaste deprisa.

Tuve que salir temprano.

Quiero tener un orgasmo lento, un orgasmo en el que sienta que vale la pena tener cuerpo, sexo y boca.

Quiero lamer los dedos de tus pies, acariciar tus nalgas, recorrer con la punta de mi lengua tus piernas y muslos hasta llegar a tu parte más cálida.

Mmm, viejo loco.

También puedo empezar por allí.

Oh, sí, pendejito. Hagámonos lo que nos sabemos hacer.

Mmm.

Podríamos hacer una cama con la madera de uno de esos árboles y coger durante horas hasta el éxtasis.

Haremos caballos con arzones.

Gritaría de placer.

¿Y si recuerdas al ahorcado?

Gemiría con más deleite, tanto que me escucharían en todo Culiacán. Los hombres enloquecerían y las mujeres mostrarían su lado más oscuro, unos y otras se buscarían hasta alcanzar el placer más rico de su pinche vida.

Urge encontrar ese árbol.

¡Sí, ah, vuélveme loca, pendejo!

Mmm…

Así. Más.

Mmm…

Qué lengua tan húmeda.

Ahh…

Así, así, cabrón.

Once

Siete de la mañana.

Fue la hora en que el excomandante Leobardo Espinoza citó al Zurdo Mendieta para tomar café en su casa, ubicada en un viejo barrio de pandilleros del que el detective tenía algún recuerdo fatal. Era alto, gordo, y con cicatrices en la cara. Sesenta años. Vivía con su mujer, una señora tranquila, un poco menor que él.

Es una pena la muerte de Gerardo Manrique, sobre todo porque era un buen hombre. Trabajé con él, pero la noche que detuvieron a Salcido yo estaba franco.

Angelita lo había puesto al tanto de los deseos de Mendieta y era de los hombres que iba al grano. Vestía pants y chamarra grises con los que salía a caminar. Su señora, igual.

Lo que no me creo es que no tuviera amigos.

No me diga. ¿Usted tiene amigos? ¿Cuántos? ¿Dónde viven? ¿Se reúne con ellos para conversar y tomar cerveza los viernes por la noche?

Mendieta hizo un recuento rápido y no pasó de su equipo de trabajo y su mentor Sánchez, que cultivaba zanahorias y rábanos, con el que se había citado un par de veces para charlar o tomar un trago en El Quijote.

Tiene toda la razón; quizá me vea con dos o tres de vez en cuando.

Y deben ser compañeros, y mientras andan juntos, y ése era el caso de Manrique. Los hombres que estuvieron con él esa noche renunciaron; era lo mejor para ellos. Sé que cinco se nos adelantaron y el sexto se perdió; si vive, debe estar como yo tomando café en las mañanas para luego pasar el día platicando con su sombra.

El Zurdo sonrió.

¿A cuántos conoció?

A todos, puro tragaldabas, arrojados y especialmente entrenados; una lástima que terminaran así.

Pienso lo mismo. ¿Por qué jubilaron a Manrique?

Esa orden vino de arriba.

¿De México?

No tenía jerarquía para saber eso, pero creo que sí. A nosotros nos llegaban rumores, los más fuertes fueron que estaba amenazado y que para preservar su vida era mejor su retiro. Un día desapareció. Ayer salió en el periódico, pero como un policía cualquiera. Un pobre infeliz, nada que ver con el sagaz e inteligente comandante que fue.

No encontramos nada en nuestros archivos, ni sobre la detención de Salcido ni sobre Gerardo Manrique. ¿Tiene idea de por qué ocurrió eso?

El viejo policía observó a Mendieta y sonrió.

Es cosa del diablo, ¿no cree?

Es lo que pensé.

Expresó el Zurdo devolviendo la sonrisa.

No recuerdo haber escuchado hablar del asunto, si alguien tomó la información ni cuenta nos dimos.

Claro, Salcido estaba preso y Manrique aislado.

Y eran casos cerrados.

Breve silencio.

Mi jefe lo admira bastante, comandante Espinoza.

¿El cocinero? Dígale que muchas gracias y que como siempre le deseo lo mejor.

Terminaron el café y Mendieta supo que también la entrevista. Se pusieron de pie.

Una última cosa comandante: Manrique tenía pruebas contundentes contra Salcido, que es el principal sospechoso de su asesinato, y como quizá ya sepa, circula por ahí desde hace unos meses, ¿vio algunas?

No sabía que estuviera libre y, respondiendo su pregunta: nunca, y en ese tiempo no creí que las tuviera. Era muy difícil elaborar material como el que decían: fotos, videos, grabaciones: Eso es más de esta época.

¿Entonces por qué cree usted que Manrique detuvo a Salcido, un militar de alto rango?

Espinoza se puso pensativo, como que no quería añadir lo que deseaba.

¿Conoce a su viuda?

Desde ayer.

Trate el tema con ella.

El Zurdo pensó tres segundos.

¿Cree que podría sacarle algo a su hermano Francisco?

No lo conozco, pero inténtelo; los policías vivimos y morimos en el intento.

Sonrió. Se despidieron con un apretón de manos. Mendieta pasó por el Vía Verde y desayunó un jugo de naranja y, a insistencia de la joven administradora, una quesadilla con tortilla de nopal, que le gustó. Le pediría eso a Ger como alternativa a los huevos con machaca. ¿Qué le había aportado Espinoza? El dato de los policías muertos, ya revelado por el Gori, y el comentario sobre Davinia Valenzuela, la viuda de Manrique.

A las nueve y media le marcó a Gris, que estaba saliendo de la pediatra y aceptó acompañarlo al lugar de los hechos después de dejar a su bebé con su abuela.

¿No estarás abusando de ella?

Fíjese que no, todos los días me pide cuidar a su nieto, ¿no ve que es el único que tiene?

Se encontraron justo en la esquina donde había ocurrido la balacera. Una troca se estacionaba frente a una casa, el conductor descendía velozmente y sacaba de adentro un bulto de costales.

Buenos días, señor. Somos los detectives Toledo y Mendieta, ¿nos permite unas preguntas?

Si es sobre la balacera de la otra noche, sólo sé lo que me contó mi mujer porque estaba dormido: una Hummer negra lo atrancó y de un carro también negro salieron dos compas que lo acribillaron con cuernos.

¿Podríamos hablar con ella?

¿Por qué no? Esperen un momento, me va a traer el lonche.

¿Qué tal tu jale?

Bien matado, tengo que ir hasta Villa Juárez, ahí está el campo donde camello. Entro a las siete, pero tuve que regresar por estos costales.

Órale.

¿Y su chamba qué? ¿Es fácil?

Bien fácil, sobre todo cuando te matan, como al compa de la otra noche.

¿A poco era cuico?

Y de los buenos.

Qué lástima, porque de esos hay muy pocos, y no se ofendan.

Claro que no.

Apareció una señora alta y robusta en una bata amarilla, con un paquete envuelto en papel aluminio que entregó al marido.

Vieja, la señora y el señor son cuicos, cuéntales lo que me platicaste de la balacera.

¿Estás seguro?

¿Qué puede pasar?

Que me quieran llevar a declarar.

No se preocupe, no lo haremos.

La animó Gris.

Siendo así le entro, porque eso de andar dando vueltas a la policía para repetir lo mismo, desanima a cualquiera.

No se preocupe, si algo nos falta le hablamos por teléfono.

Tenemos un hijo de veinte, mi viejo se durmió y me puse en la ventana para ver cuando llegara, no sé por qué pero me gusta esperarlo, igual que a mi viejo. Pues estaba en eso cuando a una troca que venía por la Xicoténcatl se le fue encima una Hummer negra, y de un carro estacionado allí, bajo la pingüica, salieron dos hombres vestidos de negro y le descargaron sus cuernos. Ay no, qué susto, me quedé paralizada. Después de la Hummer le tiraron un cañonazo que destrozó la cabina y ya no vi más porque me tiré al piso, no fuera a ser que me dispararan a mí también. Después nada más se oyó el ruido de los carros que se iban.

¿No salió a ver?

Olvídese, no me volví a asomar hasta que llegaron las patrullas y poco después mi hijo.

Mendieta observó el rostro alterado de la señora y prefirió dejar el asunto.

Lo que vestían, ¿a qué se parecía?

Era como un uniforme.

¿Podría ser de militares?

No sabría decirle, eran negros.

El carro del que salieron los hombres, ¿era chico o grande?

Pues no me fijé bien, tal vez chico.

Y también era negro.

Pues se miraba oscuro, pasa que bajo lo pingüica no hay mucha luz.

El marido se despidió.

Su hijo llegó mucho después.

Como a la hora.

Muchas gracias. ¿Sabe si alguien más vio algo?

Nadie, ahora todos se clavan en las series, hay para todos los gustos, y seguramente en cuanto sonó el primer disparo se tiraron al piso. ¿Qué más puede uno hacer?

Muchas gracias, señora. Una cosa más: ¿les alcanzó a ver la cara o la traían cubierta.

Pues ahora que lo dice, creo que sí, usaban máscaras, de esas de tela.

Un periodista me dijo que había entrevistado a los vecinos.

Cuáles vecinos, sólo me preguntó a mí, le dije que fue una tracatera. Los demás cerraron sus puertas.

Le dieron las gracias y subieron al Jetta. El Zurdo permaneció tranquilo, imaginando el atentado. Si traían pasamontañas no pueden ser narcos y sí militares. Es su estilo. ¿Será que vuelven los zetas? Gris observó la pingüica, las casas y las tiendas de artículos diversos sin encontrar nada de interés. Mendieta encendió el carro y se escuchó "You Never Give Me Your Money", de *Abbey Road*, cedé que había puesto mientras se dirigía al lugar. Sonó su celular. Era Briseño.

Edgar, ¿dónde andas? En el lugar de los hechos. Déjalo, luego vuelves allí, ven a la comandancia ahora mismo. Cortó.

Gris, me llama el jefe. Un favor, busca a Quiroz, pídele que te consiga entrar a los archivos de alguno de los periódicos, y echa un ojo a los años en que Milla y el viejo fueron amantes. Desde luego a la sección de sociales.

Claro, jefe.

Otra cosa, el comandante Espinoza sugiere que interroguemos a la viuda de Manrique en cuanto a por qué su marido se empeñó en detener a un militar de alto rango.

Gris pensó un momento.

¿Cree que haya lío de faldas?

No lo dijo, trata el asunto con cuidado, a ver qué le sacas.

¿Le parece que la busque cuando pase el sepelio?

Es lo más prudente.

Dejó a la detective en la estación de radio donde trabajaba el periodista. El cedé se trabó y lo cambió; puso a Bruce Springsteen, "Tougher Than the Rest", y enfiló a la jefatura.

Doce

Hoy estás más hermosa y más sexy que nunca, pelirroja.

Viejo lujurioso.

¿Dormiste mucho, recibiste una herencia o simplemente fuiste al salón de belleza?

A ver: ¿crees que dormir de más embellece o que el dinero nos vuelve más guapas o que en las estéticas hacen milagros?

¿Por qué no?

Porque no pasa, viejo tonto. ¿Quién puede explicar la belleza humana? ¿Cuántos factores intervienen para que una persona sea considerada así?

Supongo que muchos.

Pues claro, y es relativa; la belleza indígena de cada país no es menor que la de cualquiera que no lo sea.

Aunque hay de gustos a gustos.

Como hay de pendejos a pendejos.

Qué dura eres.

Te lo parece porque has vivido toda tu pinche vida con un solo concepto de belleza.

Esta conversación deberíamos continuarla en un buen restaurante. ¿Por qué no vamos a comer?

Hasta que tuviste una buena idea, cabrón. ¿A dónde iremos?

¿Tienes algún lugar en especial?

El restaurante favorito de Meléndrez me gusta.

Ése debe comer tigre asado todos los días.

Me fascinará, podrían tener tacos de pantera con salsa de chiltepín o una hamburguesa.

Estofado de jaguar.

Si sirven víbora al horno también la probaré.

Te vas a poner horrible y vas a pelear con medio mundo.

Me encanta, y cometeré delitos tan graves que me ahorcarán en un enorme árbol con el que luego haremos nuestra cama para volver loca a una población entera.

¿Por qué quieres uno de esos árboles?

Deben ser bonitos y fuertes como tú a pesar de los años. Imagino sus brazos poderosos en los que el aire balancea cuerpos inertes, mismos que convertiremos en tablas para la cama de mis sueños, donde todo sea placer, caricias e imaginación.

Suena tremendo y te voy a soñar en esa cama, pero iremos a algún sitio. ¿Qué te gustaría comer?

Quiero comer… ¡ésta!

¿Ahora quién tiene ideas geniales?

Expresó Ricardo, mientras ella se inclinaba y él sentía el calor de aquella boca; él se entregó devoto a su clítoris expectante.

Aah.

Mmm.

Se quedó quieto. Hombre de cristal.

Eres perfecta, pelirroja.

Murmuró y se dejó llevar por la suavidad de aquellos labios y la humedad que sus dedos navegaban.

Eres una diosa, mi diosa.

Mmm.

Mi pelirroja, aah.

Con los ojos entrecerrados observó una y otra vez aquel cuerpo que lo era todo para él.

Trece

¿Eres tú, Hombre muerto?

Soy Omar Briseño, comandante de la Policía Ministerial del Estado de Sinaloa.

Escúchame, cabrón, ¿quieres vivo a tu agente?

¿A qué agente?

Al que voy a matar.

Disculpa, ¿con quién tengo el gusto?

Guarda esa amabilidad pendeja para tus jefes políticos y para tus protectores. Entiendo que lo quieres vivo pero será imposible; te voy a entregar el cadáver y te olvidarás de este asunto para siempre, lo único que sabrás de ese detective lamebolas es que se lo llevó la chingada. ¿Entendiste, Hombre muerto, o te hago efectivo el apodo?

Me cuesta entender a un fantasma.

Déjate de mamadas, Hombre muerto, renuncia a tu intención de ser leal a un tipo más pendejo que tú, un idiota que ya pagó su osadía. Y entérate: si no cancelas esta investigación iremos por ti y por tu mujer. ¿La quieres mucho, verdad? Ya sé que son excelentes cocineros; me gusta eso, parejas amorosas que son familia, pero si no obedeces serán fiambres llenos de moscas y gusanos. Convéncete, hijo de la chingada, con nosotros no hay escondite que valga. ¿De qué le sirvió a Manrique ocultarse durante tantos años? De

nada, porque con nosotros nadie puede, simplemente
nuestros halcones trabajaron, ubicaron su guarida, sus
movimientos y con eso lo mandamos al otro mundo.
Lo que me hizo no se le hace a un hombre.

Un ligero crash interrumpió la voz que sonaba
fuerte, segura y rasposa, aunque un poco distor-
sionada.

Cortó.

Mendieta contempló a su jefe y a Stevejobs,
que una hora antes fue requerido con urgencia en
la oficina del comandante.

Qué cabrón. ¿Quieres oírlo de nuevo? Briseño
lo miraba ansioso. No, es pura mierda. Aunque el
celular es local, la llamada fue hecha desde un lugar
cercano a Durango, quizá en la serranía. Aclaró el
técnico. Permanecieron en silencio casi un minuto.
El Zurdo conjeturaba: si vive allí será difícil ir por
él. La sierra es la boca de todos los lobos. Como habrás advertido, el asunto se volvió delicado; suelo
recibir amenazas, digamos que es normal, pero es
la primera vez que mencionan a mi esposa y eso
no me gusta. ¿Será Salcido? ¿Quién más? Aclara lo
del comandante Manrique y nos compromete a
no probar su culpabilidad. Podría ser un farol. No
creo que sea el caso, lo siento auténtico y sobre todo
decidido. Mendieta calló, aceptó que la duda fuera
sólo suya; después de todo, el comandante poco
participaba en procesos de investigación. Como le
informé, desaparecieron los archivos de Salcido y
del occiso. No tenemos fotos ni nada; él único que
sabe algo de Manrique es el Gori. ¿El Gori? Era de
su gente y estuvo en el operativo cuando apañaron

al militar; al parecer, es el único que queda con vida. No me digas, tenemos que darle protección. Ni se lo mencione, nunca estaría de acuerdo; más bien, lo voy a jalar para que sea mi acople. Bien pensado, tomemos esta amenaza en serio, Edgar. Vamos a continuar con la investigación, pero como si la hubiéramos cancelado, ¿comprendes? Perfectamente, sin olvidar que el hubiera no existe. No juegues, consigan una foto de ese desgraciado, cuando menos para saber a quién no estamos buscando. ¿Conoce alguien en la milicia? Conozco, pero podrían estar coludidos. Voy a sondear, pero no te prometo nada, y no te olvides de que también van por ti. No tiene idea de lo presente que lo tengo y no dejo de preguntarme, ¿cómo lo supo tan rápido? Las paredes oyen, Edgar, es una verdad que no requiere demostración. Creo que se llama axioma; quizá deberíamos hablar con alguna para que nos revele al menos una pista. De momento vamos a dejarlo como está; ahora a trabajar con el mínimo rendimiento.

El Zurdo y Stevejobs abandonaron la oficina. Allí mismo decidió cambiar sus rutinas pero no lo comentaría con nadie.

Jefe, me trajeron el celular del comandante Manrique, un modelo antiguo: antes de morir hizo una larga llamada que resultó ser a su esposa, después recibió una de aquí, de un celular que no pude identificar y luego otra de la Ciudad de México. La primera duró cinco minutos, más o menos; la segunda fue muy breve y no hay registro del celular, esto significa que puede ser de otro país o de algún instrumento sofisticado. La tercera fue de tres minutos y la hizo su hija, conseguimos hablar con ella. Por cierto, vino al velorio.

¿Cómo supiste todo eso?

El joven sonrió con picardía.

¿Acaso no soy Stevejobs?

Caminaban por el pasillo y el Zurdo advirtió cómo la tensión le crecía a cada momento. ¿Detective lamebolas? Su puta madre es lamebolas, y ya veremos qué onda. Pobre comandante, lo partieron con eso de su señora; ¿ya ven por qué no me caso?

Envíame esa información a mi celular, Steve. ¿Alguna cosa sobre la güera?

Estamos en las mismas.

Ahora busca una foto de Sebastián Salcido, antigua y actual, y también me la mandas.

Se instaló en su oficina de tres por tres, donde apenas cabía un escritorio lleno de papeles, un archivero y un cesto de basura. Trató de clavarse en su nueva situación. ¿Amenazado de muerte? Qué güeva. Pensó que siempre existía esa expectativa en la vida de un poli, pero ¿con esa violencia? Está cabrón, todos vamos a morir, pero son muy pocos a los que les gusta que les avisen. Ni al señor Favela le han dicho tan claramente como a nosotros. ¿Quién es Sebastián Salcido? Espero que Steve lo encuentre rápido.

Quince minutos después subió al Jetta, puso The Searches y se escuchó una dulce rolita de 1964: "Needles and Pins". Lo acompañaba el Gori, con una pistola en la cadera, un fusil AK-47 entre las piernas y un M16 que había colocado entre la puerta y el asiento. El torturador tenía antojo de barbacoa, por lo que enfilaron por el Zapata con la idea de comer en Casa Peraza, el corazón culinario de Bacurimí. Le marcó a Gris.

¿Cómo vas? Apenas me abrieron la hemeroteca. Es un mundo de papel, jefe. Creo que no podré buscar hoy, no se olvide de que tengo un niño. Claro que no. Sólo pídeles que te dejen entrar después; podría ser esta tarde o mañana. Gracias, jefe, 10-4.

Cortó.

Zurdo, desde que salimos de la jefatura, nos viene poniendo cola un carro negro, qué onda. ¿Es por ti o por mí?

¿Seguro?

Wáchalo tú mismo, cada vez se acerca más.

Hay dos maneras de saberlo, mi Gori.

Para mí que solo hay una, pero ahí tú sabes, yo te sigo.

Este Gori es más cabrón que bonito, pensó Mendieta. Me gusta de acople mientras se integra Gris; el cabrón no le tiene miedo a nada. Le dije que los que habían estado con Manrique en la detención de Salcido estaban señalados por la gente del guacho y me contestó: A mí esos güeyes me dan cosquillas en los güevos, mi Zurdo, ya me conoces, ¿qué onda? Qué te vienes conmigo porque también me traen en la mira. Nos la pelan, tú di rana y yo salto. Ya estás, sacas tus fierros porque vamos a ponerle machín. Y aquí estamos, dispuestos a ver de qué están hechos esos cabrones.

Para evitar distracciones apago el estéreo, me clavo en el carro negro y entro al tráfico como a mi

casa. Nos tocan el claxon. Observo cómo los batos se acercan y hacen lo mismo. Están tocando la
puerta los putos.

Catorce

¿Sabes qué he pensado?

Dime, guapo.

Que no vives en Culiacán y que cuando vienes acá a algún asunto nos vemos.

Estaban desnudos con las piernas entrelazadas. Habían hecho el amor sin escatimar ansias y se hallaban relajados. Contentos. Ella sonreía como lo hacen las mujeres que lo saben todo.

No pienses tanto, cabroncito. ¿Por qué no aceptas las cosas como son? De verdad es lindo estar así, sin más guía que nuestro propio deseo; o el mío, si somos precisos.

También me gusta, pero soy curioso, es parte de mi naturaleza.

Disfrutemos de cada momento, señor, no sé si estás de acuerdo conmigo en que nadie tiene el control del futuro. Desde luego, hablo de cosas importantes.

¿Cómo cuáles?

La vida, el amor, el deseo, la salud.

Favela trataba de adivinar qué había estudiado una mujer que reflexionaba sobre esos asuntos y llegaba a esas conclusiones.

Me gustas, pelirroja, me gusta tu cara de sueños.

Eres un pinche poeta.

Susurró y se acurrucó en su pecho.

También tu cuerpo y tu pelo largo.

Mmm.

Permanecieron callados, evaluando sus calores.

¿Te he contado que me gusta cazar?

¡¿Qué?!

Ella se despegó y lo miró a los ojos. Penetrante.

Sí, tengo un grupo de amigos con los que voy de cacería de vez en cuando.

¿Matan animales y eso?

Generalmente buscamos patos.

¿Por qué lo hacen, Ricardo? No te imaginaba tan cruel; me contaste lo de Meléndrez y la saña extrema de algunos pensamientos, pero matar a esas pobres criaturas me parece un salvajismo. ¿Sabías que vuelan miles de kilómetros para llegar acá?

Es sólo una diversión, un deporte.

Claro, un deporte de reyes.

Del rey del tango.

Del rey del rock.

Del rey del mambo.

Del rey del pop.

Se besaron.

Ahora prométeme que no volverás a cazar, reconoce que es una costumbre bárbara, de gente necia.

¿Lo crees así?

Por supuesto, es una gachada. Hubo un tiempo en que la caza era necesaria para sobrevivir, pero ahora es una brutalidad y tú no eres un vándalo.

¿Sabías que George Bush padre ama la cacería? Unas diez veces he estado con él.

¿Y qué? Un cabrón bárbaro igual que todos los cazadores.

Siempre que viene, el campo de caza se llena de agentes que lo protegen y se altera bastante la tranquilidad; temen un atentado y su obligación es salvarlo a como dé lugar.

Malamente, hay bárbaros que merecen un final como el que ellos provocan.

Entonces, ¿merezco el cadalso?

¡No! No creo que estés en ese extremo y, a propósito, no te olvides de mi árbol de ahorcado; ansío esa cama.

Favela sonrió. Había sinceridad en el rostro de la chica y, desde luego, no tenía por qué oponerse.

De acuerdo, prometo dejar la caza.

Lo miró con sus bellos ojos y sonrió.

Entonces bésame, pinche viejo sátiro, bésame toda, toda, toda.

Qué difícil me la pones, preciosa.

Murmuró y empezó por los pezones: besar, morder, lamer.

Ayy.

Mmm.

Quince

Serían las tres de la tarde y el sol se sentía suave.
En vez de continuar hacia la Universidad Autó-
noma de Occidente, ruta normal hacia Bacurimí,
tomaron el boulevard Pedro Infante rumbo a los
multicinemas. Mendieta vio el auto negro seguir
su ruta y viró a la derecha en la primera calle, la
que lleva al Corporativo Coppel, pero no continuó.
Dio la vuelta del contrabandista y esperó. Lo que se
vaya a cocer que se vaya remojando.

Es la de ahí, mi Zurdo.

Murmuró el Gori, que ya tenía el AK-47 en sus
manos y su gesto era más fiero que cuando sacaba
confesiones con electricidad en los testículos.

Trucha, mi Gori.

De inmediato tuvieron el carro negro frente a
ellos, el torturador acribilló al conductor y Mendieta disparó un par de veces al acompañante, que
respondió al fuego con su cuerno de chivo, mientras el vehículo se estrellaba en un poste del alumbrado público. El del fusil fue errático y el otro
quedó inmóvil. Qué pedo. Los policías bajaron
apuntando con sus armas, cada uno por un lado
vieron el estado de sus enemigos. El chofer estaba
muerto y el otro herido. El Zurdo abrió la puerta, le
arrebató el arma y lo sacó sin ningún miramiento.

A ver, veamos quién eres. El tipo estaba malherido y sonrió.

Te va a llevar la chingada, detective. No me digas. El Zurdo metió el cañón de su pistola en la herida. El tipo hizo un gesto de dolor, pero no gritó. Puedes hacerme lo que quieras, eso no te quita lo sentenciado: como un perro vas a morir. Si murió tu puta madre, ¿por qué yo no? El detective buscó documentos en la ropa negra y gruesa del tipo, que sonreía irónico. Le decomisó el celular. Este güey está limpio. Dijo a su compañero. El de acá también. ¿Quién eres? Nadie que te importe, pendejo. Órale, tienes güevos cabrón. Puedes besármelos.

Rápidamente el Zurdo inspeccionó el vehículo: cero papeles, luego llamó al forense para que se hiciera cargo del muerto y a Ortega para que analizara un auto que a él nada le decía. Les dio las coordenadas. El jefe de los técnicos le informó que comía con su mujer y que tardaría quince minutos más de la cuenta. Mendieta le mentó la madre y cortó.

Gori, recógele el celular al muerto; vamos a llevarnos a este pendejo para que nos cuente hasta cinco.

Juega el pollo. ¿No te importa que te manche los asientos?

¿Qué sugieres?

El Gori sonrió, lo esposaron y lo echaron en la cajuela. El tipo se dejó hacer sin quejarse. Antes de quedar encerrado salpicó:

Así que tú eres el Gori, el único pendejo que sigue vivo.

El tipo, que tenía un rostro duro, no paraba de sonreír. El Zurdo cerró la cajuela.

Estoy marcado machín, ¿no, mi Zurdo?

A Mendieta le agradó la actitud de Hortigosa. Prefería un compañero enterado del infierno que lo amenazaba, que era el mismo suyo.

Eres el único sobreviviente de los que apañaron a Salcido.

El Gori pareció meditar, luego se volvió a Mendieta y expresó:

En mí no se van a cagar, mi Zurdo. El único que me sacará de este mundo será Dios, y eso cuando me toque. Y como te dije hace rato: a mí estos pendejos me dan cosquillas en los güevos.

Chingón, mi Gori, y lo siento, te voy a quedar a deber la barbacoa.

Mañana será otro día, mi Zurdo, ya veremos.

Por lo que te dijo el herido, queda claro que Salcido es el que está detrás de esta onda.

Is barniz, y si pensabas que no había nada más gacho que tu peor pesadilla, deja que conozcas a ese güey.

Me parece que lo conozco, como si hubiéramos estado juntos en el kínder, y espero que el bato entienda que somos placas que no nos abrimos con cualquiera, aunque nos estemos cagando de miedo.

Neta que sí.

Entraban al territorio del Gori cuando recibió una llamada de Ortega.

Zurdo, alguien se llevó el carro con todo y cadáver. No me digas, ¿no se equivocaron de domicilio? Creo que no, hay un poste despostillado y sangre en el pavimento. Órale, ni modo; hay un lavado de carros por ahí, ¿podrías preguntar si algún trabajador vio algo? Todos vieron una grúa negra que apareció hace diez minutos y cargó con todo; Montaño recogió una muestra de sangre y se fue, lo acompañaba una doctora que le pidió que se marcharan rápido. Ese cabrón no descansa; oye, pues muchas gracias. Muchas gracias ni madres güey, no te hagas pendejo, ya me debes como veinte cervezas. ¿En serio? Pues ponle fecha y nos vamos al Quijote. Chingas a tu madre si te rajas. Cortó.

Abrieron la cajuela y el hombre se hallaba rígido. El Gori lo movió, le tocó el cuello y afirmó.

Este güey ya está en el infierno, mi Zurdo.

No me pareció que estuviera tan jodido, a lo mejor padecía claustrofobia.

Mejor llama al doc, está tirando saliva negra.

Montaño respondió una hora después.

Dime Zurdo. Le expuso el caso. Llego en treinta minutos. Estamos en la zona del Gori.

Mendieta le llevó los celulares a Stevejobs, le pidió que localizara el origen de las llamadas que pudieran tener.

En cuanto Montaño vio el cadáver dictaminó: murió por envenenamiento. Le abrió la boca por donde salivaba abundantemente y con unas pinzas extrajo un resto de cápsula. Este material se deshace rápido en el estómago pero tarda en la boca. Pero, ¿a qué hora se la metió? Tal vez antes de que lo esposaras. ¿Cianuro? No creo, debe ser algo más potente. Mendieta reflexionó y tuvo una duda. Doc, ¿es posible que se la meta en la boca y no se la trague? Por supuesto, quizá la mordió para que el efecto fuera fulminante. ¿Qué tipo de gente hace eso? Los espías, los que pertenecen a alguna secta, algunos suicidas. Gori, ¿crees que la gente de Salcido lo haga? Ellos son capaces de todo, mi Zurdo, y seguro tienen sus pactos; no es extraño que prefieran morir antes de ponerle el dedo a su jefe o a un compañero. Tiene sentido. ¿Qué hacemos con el cadáver? Si son de esa banda, como estoy oyendo, no me gustaría llevarlo al Semefo, capaz que llegan por él y nos hacen un aquelarre. No te preocupes, doc, ya le daremos una salida adecuada. ¿Tiene que ver con el comandante asesinado la otra noche? Es lo que queremos saber. Por si te sirve, había cenado tacos de cabeza y allí hay una taquería famosa. Gracias, doc, y disculpa por interrumpir tus actividades amorosas. Sonrió. Ya habíamos terminado, así que no te preocupes. ¿No tienes miedo de que te acusen de acoso? Claro que no, jamás he acosado a nadie; es más, siempre son ellas las que lo proponen. Felicidades entonces, porque si una te acusa ni creas que te vamos a hacer el paro. No ocurrirá, y si denuncian a alguien será un placer sumarme para castigar al acosador. Esa voz me agrada, doc.

Cuando quedaron solos, el Zurdo dejó que una idea creciera en su cabeza. Luego llamó a Stevejobs.

¿Es posible enviarle un mensaje a la persona que amenazó al comandante Briseño? Lo puedo intentar, pero resulta más fácil mandarlo a un número que se repite en los celulares que me dio. Perfecto, escríbele: el muchacho fue al cine en la isla Musala. Hazlo dentro de veinte minutos. Ok, luego le paso los lugares desde donde llamaron a los dueños de los celulares, a uno dos veces.

Era un anochecer húmedo. Dejaron el cadáver en el estacionamiento de Citicinemas; aparcaron el Jetta a unos metros y no tuvieron que esperar mucho. Una ambulancia negra lo recogió velozmente delante de tres curiosos y desapareció sin encender luces ni sirena.

¿Cómo ves, mi Zurdo?

Veo todo negro. Te voy a dejar en tu cantón, trata de descansar y mañana pasaré por ti muy temprano.

Mejor nos vemos en la jefatura.

A las ocho.

No vayas por mí. Y ahora prefiero tomar un taxi.

Mendieta se hallaba tan cansado que no puso reparos.

Mi Zurdo, te dejo el M16, espero que lo sepas usar.

Más o menos, gracias, mi Gori. ¿Ya no se encasquillan?

El mío no, le hice algunos arreglos y quedó machín.

Iba a decir que no era necesario, pero decidió ser prudente: el diablo no sólo se presenta de mil maneras sino que tiene muchas casas; no fuera a ser que una estuviera cerca de la suya. En el Jetta, como indica la regla, aunque era zurdo, acomodó el arma junto a su pierna derecha, colocó un cedé de Louis Armstrog y se relajó con "What a Wonderful World", sintió hambre, extrañó a Susana y se aferró a que, ya en casa, sólo se bebería un trago de Macallan.

Y eso hizo. Después de colocar el fusil recargado en la pared, tomó un trozo de queso con chipotle que quién sabe dónde conseguiría Ger, un poco de guacamole con un par de totopos, se sirvió un trago doble y hasta el fondo. Luego se recostó en su cama, vestido. ¿Desde cuándo tenía en su buró la novela de F. G. Haghenbeck *Deidades menores*? No quiso pensar, si era un detective lamebolas seguro nadie lo tomaría en cuenta. Mejor. ¿Qué pasará ahora? Al comandante no le gustó nada la ruta que tomó la investigación, nos llamó la atención bien fuerte; nada más faltó que nos mentara la madre; afirmó que jamás debimos enfrentarlos y menos acribillarlos, pues sí, lo que él no sabe es que el Gori tiene los dedos muy calientes y va a lo que va, y ellos quedó muy claro que no venían precisamente a cotorrear. Espero que encuentre un buen refugio para él y su señora.

Encendió la tele y se quedó dormido. Una hora después despertó con una sonrisa, apagó el aparato y salió. Regresó noventa minutos después, bebió otro whisky doble, abrió el volumen de *Deidades menores*: "Era un pueblo como cualquier otro…". Lo cerró y se durmió de inmediato.

Hasta que a alguien le dio la gana despertarlo.

Dieciséis

Hoy he tenido un buen día.

Comentó Ricardo Favela con voz cascada.

Claro que sí, mi amor, aunque con los ojos cerrados, has sonreído.

Respondió su mujer, quien le hizo una caricia y dio instrucciones a Alejandro:

Hijo, trata de que las enfermeras le den sus medicamentos a tiempo, luego se ponen a chacotear y se les olvida. ¿Vendrá tu esposa el fin de semana?

No puede, mamá, la niña sigue enferma y preferimos que no se muevan de Mazatlán. Y no te preocupes, me encargaré de las enfermeras.

De cualquier manera dile a las dos que las extrañamos.

Luego besó en la frente a su marido y se retiró a descansar. En cuanto quedaron solos lo primero que el viejo pidió a Alejandro fue que llamara a Mendieta.

Espero que no se olvide de nosotros.

Claro que no, papá, ayer fue a la casa, vio el baño y también visitó a Matilde.

¿A Matilde? Qué bien.

Está aplicado el detective.

Me alegro. A esta edad uno vive toda una vida en un día.

Entonces, ¿es verdad que el tiempo pasa más rápido?

No, el tiempo se mueve exactamente igual, siempre; no así los recuerdos, que revitalizan la mente de tal manera que los sientes como si estuvieran sucediendo en ese momento.

Qué grandioso, papá.

Ricardo Favela sonrió suavemente. Por supuesto que era grandioso. Realmente maravilloso.

Como si los hubiera escuchado, el Zurdo despertó, vio la hora y decidió dar una vuelta por el hospital. Hay pasiones que se alimentan de sí mismas y eran las que vivía el detective. Después de un día tan movido, haría esa visita.

—Buenas noches.

Álex lo recibió con una sonrisa. El viejo le contó qué había ocurrido con su memoria.

—Recuerdas y olvidas en un instante.

—Sin embargo, usted tiene muy presente a esa chica.

—A cada rato me pregunto por qué. ¿Acaso la risa franca, las ideas locas y el sexo desbocado jamás se olvidan?

—Buena pregunta, señor Favela.

—Porque fue lo que tuve con ella: una experiencia que ni antes ni después disfruté tanto.

El viejo cerró los ojos y permaneció varios segundos en silencio. Mendieta sacó su celular.

—Me gustaría que viera estas fotos.

Le mostró la de Milla joven. A Favela se le iluminó el rostro.

—¡La encontraste! Sabía que lo harías.

—Ahora vea ésta.

Le enseñó la otra.

—¡Es ella, detective! ¿Está aquí? Déjennos solos un momento, necesito decirle un par de cosas.

El Zurdo echó una mirada a Alejandro, que estaba realmente conmovido por la reacción de su progenitor.

—Aún no la encuentro, don Ricardo, pero estoy cerca. Estas fotos son de la actriz que se le parece.

—Ah.

El viejo guardó silencio.

—Si se resiste a venir, dile que encontré un árbol en que han ahorcado, no a una, sino a tres personas, y que se lo puedo comprar.

—Debe ser un árbol horrible.

—Nada de eso, es frondoso, de hojas anchas y brillantes, brazos fuertes donde colgaron a esos infelices.

—¿Ella deseaba un árbol de esos?

—Deliraba por uno, hasta quería fabricar muebles con la madera, primero que nada, una cama.

Mendieta fijó el detalle. ¿Qué clase de mujer estaría interesada en árboles de colgados hasta ese grado?

—Recordé algo, detective, probablemente ella se juntaba con personas que hablaban de artes plásticas. Cuando comentó de esos árboles, dijo también que escuchó hablar mal y bien de Tere Margolles. ¿Sabes quién es?

—No.

—Es una artista plástica famosa que explora los efectos de la violencia en el paisaje y en los niveles de angustia de los seres humanos. Su obra es tremenda, muy fuerte y estremecedora.

El viejo cerró los ojos de nuevo y calló. Respiraba un poco agitado. Sin duda se había cansado. Mendieta tomó nota. Dos minutos después Álex y él se pusieron de pie.

—¿Sabes por qué quiero ver a esa chica, detective?

—Dígamelo usted.

El Zurdo miró a Álex. El viejo continuaba con los ojos cerrados.

—Cuando me la traigas te lo diré.

Emitió una sonrisa seca.

—Es un trato, señor Favela. Una cosa: cuénteme cómo eran sus manos.

—¿Cómo iban a ser? Suaves, muy suaves. Lo más probable es que jamás lavara platos o su ropa. Siempre traía las uñas perfectamente pintadas, cada vez de un color diferente.

—¿Alguna vez bailó con usted o delante de usted?

—Nunca.

—¿Y su fragancia?

—Olía muy bien; sin duda eran perfumes caros.

En el pasillo, alguien aceleró el paso.

—Detective, tal vez la vida es un grande y solitario recuerdo.

Respiró hondo y se quedó callado.

—Gracias, señor Favela.

Mendieta se encaminó a la salida. Alejandro lo siguió.

Edgar, si gustas podríamos desayunar mañana.

Mañana no, quizás otro día. Y no te preocupes, ya sé llegar al estacionamiento. Dos agentes están trabajando conmigo en este asunto y vamos a buscar hasta debajo de las piedras.

No olvides que tenemos poco tiempo. Por cierto, tu tarjeta está lista, aquí la tienes.

Buen detalle, gracias.

Se despidieron en el elevador.

En el vestíbulo, vio cómo ingresaban deprisa a un hombre en una camilla. Lo custodiaban tres sujetos con armas a la vista. Intercambiaron miradas alienígenas.

Diecisiete

A las nueve de la mañana se encontraba reunido el equipo en la oficina del comandante Briseño, que lucía profundas ojeras y la piel cetrina por la falta de sueño. Bebían café en vasos de unicel y el jefe máximo, en su taza de porcelana.

Ortega pidió a Stevejobs que mostrara las fotos de Sebastián Salcido que extrajo de sitios del ejército: en la primera era un joven oficial de buen porte y mirada de águila; en la segunda, al parecer cuando ingresó a prisión, un hombre maduro, apuesto y ojos risueños; la tercera descubría a un sujeto de rostro ajado y mirada de dragón castrado, que bien podría ser de odio a la humanidad. Éste debe ser el hombre que nos anda buscando, Edgar, comentó el comandante sin perder detalles del rostro que aparecía en la pantalla de la laptop del técnico. Nadie abrió la boca, salvo el Gori, quien respondió a una seña de Mendieta. Es él, el mismo cabrón de armas tomar que apañamos hace más de veinte años en el Executivo. El Zurdo hizo un gesto de aprobación y preguntó qué tenían los demás. Terminator informó que su contacto escuchó comentarios entre los soldados viejos acerca de que el comandante Manrique debía muchas, pero que nadie de ellos había sido invitado a incorporarse a ninguna banda. El mío dijo lo mismo, agregó el Camello. También fuimos a Badiraguato, al velorio, y estuvimos en el entierro, pero todo pasó sin novedad. Los que tenían que llorar, lloraron y los demás estuvimos allí nomás mirando. ¿Se identificaron con la viuda?, quiso saber el Zurdo. No fue necesario. Nadie nos notó. ¿Vieron a Francisco, el hermano de la señora? Estuvo casi siempre al lado de su hermana, que solo recibió a personas que le dieron el pésame, igual que dos muchachas que siempre estuvieron con ella. Deben ser sus hijas. Briseño escuchaba e interrumpió. Edgar, como te pedí ayer, debemos llevar la cosa tranquila; la PM no está investigando. El Zurdo respondió rápido: No se preocupe, comandante, sólo me gustaría saber por dónde se mueve, hasta ahora parece que viviera en varios lugares; por otra parte, si usted encuentra un militar que esté dispuesto a colaborar, podría sacarnos de dudas y allí nos quedaríamos; eso por nuestra seguridad, no olvide que estamos en su lista negra; además, como nosotros respondimos ayer y le hicimos dos bajas, no creo que se quede de brazos cruzados, así que se va a mostrar y espero que eso nos sirva para ubicarlo; muchachos, tomen precauciones, estamos ante un enemigo muy poderoso al que ya no perseguimos, pero hay que tener cuidado; por lo que dicen Terminator y el Camello, probablemente reclutó a sus viejos camaradas, pero no incorporó gente que no fuera de su entera confianza; Ortega, necesitamos que Stevejobs localice en esos archivos si fue expulsado del Ejército, y algunos nombres ligados a él para saber un poco más acerca de la banda. De acuerdo. Muy bien, tómenla con calma, ayer intenté hacer contacto con un militar, pero fue imposible, hoy veré al procurador y le preguntaré si conoce a alguien. Pies de plomo, comandante, recuerde que no estamos investigando y entre menos personas se enteren, mejor, y no mencione la posibilidad de que haya sido expulsado.

Media hora después se separaron, Briseño, el Gori y el Zurdo en lo suyo; los demás desconcertados, el Camello intentó preguntar qué onda, pero Mendieta lo atajó de inmediato. Robles informó que en el hotel Executivo no conservaban archivos de esa época. Pregunté a uno de los meseros viejos y lo recordó, dijo que le gustaba la buena bebida y que era muy generoso con las propinas, que siempre estaba acompañado de una o dos mujeres bonitas. Quizá tenía una esposa que se hacía de la vista gorda o no vivía aquí. Agregó que el que más sabía de él era don Miguel, el gerente, que generalmente estaba a mediodía.

En su oficina, acompañado por el Gori, Mendieta reflexionó sin llegar a ninguna conclusión.

O sea qué, estamos y no estamos, comentó el Gori.

Exactamente, aunque tú sabes que es por seguirle el rollo al comandante.

Esa voz me agrada, Zurdo, y trata de no despegarte del rifle, es de los de antes pero como te dije, no falla.

¡Zas! Como dice el agente Chávez.

¿Y ese cabrón tragaldabas?

En lo suyo en Ciudad Juárez.

Órale, buena bestia el güey.

Neta que sí.

Pasadas las doce se reportó Gris.

Jefe, estoy en el archivo. El material está digitalizado, pero sólo lo sueltan con una orden. ¿En serio, una orden de quién? Del procurador, del gobernador o de un juez; y sólo puede autorizarlo el director, que llega mañana de la Ciudad de México. Llama a Quiroz, a ver si tiene amigos allí. Ya lo hice y me dijo que era el procedimiento, que en eso no nos podía ayudar. Lo que es no servir para nada, bueno, vamos a conseguir lo que piden y, aprovechando, agente Toledo, el caso de Manrique se puso difícil. Le contó todo. Por cierto, no olvides platicar con la viuda sobre la terquedad de su marido por detener a Salcido, verifica si había algo personal. ¿Cree que hayan sido rivales de amores? Sería un ingrediente interesante, porque entonces ella sabría cosas sobre Salcido que no tenía por qué decirnos después de tanto tiempo, pero que de algo nos podrían servir. Ahora mismo me pongo a la tarea, jefe. Cualquier cosa me llamas y por favor extrema tu seguridad, la gente de Salcido es muy determinada. Ya me contó Angelita que ayer usted y el Gori tuvieron un altercado con resultados fatales. Lo fatal es lo que sigue, traíamos un herido y se envenenó mascando una cápsula. Dios mío, están duros entonces. Así que anda con cuidado, agente Toledo, no olvides que tienes a Induráin en casa. ¿A quién? No me digas que no sabes quién es Miguel Induráin. Pues no. Por favor busca en internet, 10-4.

A las dos de la tarde entró Stevejobs; el Gori y Robles se hallaban en la oficina porque lo acompañarían al restaurante del hotel Executivo. Jefe, le tengo información. ¿De Milla? No, de Sebastián Salcido. Según el informe que no pude imprimir, controlaba el tráfico de cocaína de Vallarta a Arizona; la metían por Agua Prieta, Nogales y San Luis Río Colorado. La banda estaba integrada por militares en activo que, cuando él cayó preso, se esfumaron. Todos pidieron su baja. Le decían el Siciliano. No manches. No tenía domicilio fijo ni hay registro de familia. Después de este dato el joven miró a su jefe indicando que era todo. O sea que no tuvo madre el güey. Según esto, no tenía a nadie. ¿Por qué no pudiste imprimir la información? Porque se borró, la saqué de una fuente oficial que seguramente tenía mecanismos de protección, apliqué algunos trucos, pero sólo aparecieron páginas en blanco. ¿Es posible que sepan que descubrimos los datos? Estoy seguro de que ya lo registraron. Entonces alguien los dejó a propósito para que los revisáramos. Como en Misión Imposible. Hay al menos una persona que espera que hagamos bien el trabajo y si oculta su identidad a ese grado quiere decir que tiene límites y si nos comparte eso podría significar que Salcido ha tomado fuerza de nuevo y que es el asesino de Manrique, algo de lo que ya no dudábamos.

Stevejobs observó el rostro concentrado de su jefe y reconoció que esa capacidad de deducción no la tenía cualquiera y concluyó que valía la pena trabajar para un policía que sabía desmenuzar la información. ¿Algo sobre los celulares que te pasé? Sí, hay números que se repiten, en cuanto a esos: uno llamó de la sierra y otro de la colonia Libertad, al parecer el domicilio es de una iglesia católica. Ah, caray. O de una casa aledaña. Ok, gracias, Steve, mándame los datos al WhatsApp.

Miguel Espinoza de los Monteros los recibió con simpatía. Era un hombre entrado en años vestido como un dandy, que los invitó a sentarse con absoluta corrección. El Zurdo pensó que ya no existían personas con esos modales tan exactos y se dejó llevar por la amabilidad del gerente del restaurante del hotel Executivo. Robles también estaba impresionado. Sólo el Gori vigilaba el lugar sin perder de vista a los transeúntes que se movían detrás de los amplios ventanales que daban a la calle, y la puerta del hotel, que acusaba un constante movimiento.

Gracias por recibirnos de esta manera, señor Espinoza.

Es un placer, señores, estoy para servirles.

En ese momento dos meseras sirvieron bocadillos y cervezas para los invitados.

Por favor acepten este pequeño ágape.

Muy amable.

Mendieta probó un bocadillo de atún y bebió un trago. Los otros hicieron lo mismo.

No le quitaremos mucho tiempo.

A sus órdenes, detective.

Hace unos días asesinaron al comandante Gerardo Manrique, creemos que Sebastián Salcido estuvo involucrado y sabemos que usted tenía una buena relación con él.

Es correcto, hace más de veinte años era uno de nuestros principales clientes, pero desde que se lo llevaron preso no ha regresado.

¿Ni a saludar?

Bueno, supongo que ahora que está libre mide sus pasos milimétricamente.

Este bocadillo está delicioso, señor Espinoza, incluso, con el debido respeto, más que el de atún. ¿De qué es?

Es elote con crema y lo cocinamos al horno como si fuera una empanada argentina.

Expresó con una sonrisa.

Está riquísimo. ¿Y cómo se enteró de que el capitán Salcido estaba libre?

No lo sabía de cierto, lo suponía. Algunos clientes de años leyeron sobre el asesinato del comandante Manrique y mencionaron su nombre.

Tiene lógica. ¿Y despertó su curiosidad?

Realmente no, todas las tardes toman café y especulan de todo; ahora que se lo escucho a usted pienso que es completamente posible.

¿De qué conversaba con Salcido?

Del futuro, quería vivir como príncipe, incluso me ofreció el puesto de mayordomo.

¿En su mansión de Culiacán?

Nunca dijo en dónde, un par de veces le pregunté y jamás mencionó una ciudad u otro lugar; como dormía aquí durante semanas, siempre tuve la impresión de que no tenía casa. Tal vez pensaba construir alguna.

¿Vivió en la colonia militar?

No lo supe, cuando lo conocí ya era un hombre de poder…

Que quería más poder.

¿Usted cree que no? Ya ve que es una adicción muy peligrosa, pero que por sí misma no causa prisión.

Jamás he detenido a alguien por ser adicto al poder.

Es lo que le digo.

Entonces él soñaba con eso y lo quería para ese puesto y que atendiera a su familia.

Bueno, jamás mencionó una familia; más bien parecía un solitario que planeaba formar una.

Nos dicen que era muy duro.

Un militar no puede ser una perita en dulce, ¿o sí?

Y un militar narco menos.

Eso lo dijo usted.

¿Cree que con su sueldo de capitán podría darse esa vida y querer ese futuro?

Los caminos del señor son inescrutables, detective.

Los de los narcos también, pero no los de los asesinos.

Don Miguel sonrió con simpatía, le estaba cayendo bien el detective. Robles escuchaba atento y el Gori continuaba vigilando.

Me dice que conversaban del futuro. ¿Alguna vez platicaron del pasado: de dónde era, sus padres, alguna novia?

Nada, y como imaginará nunca le iba yo a preguntar semejante cosa.

Pues tenemos un caso, don Miguel, y Sebastián Salcido no sólo es un misterio, sino un líder de extrema crueldad y muy decidido.

Recuerdo que en ese tiempo no tenía escrúpulos.

Pues ahora tampoco. ¿Conoció a alguno de sus hombres?

A Iván Ángel Rodríguez, era nuestro mesero y se fue con él.

¿Tiene su domicilio?

Desde luego que no; hace un par de años nos visitó y me comentó que trabajaba en la cantina El Guayabo. ¿Conoce ese lugar?

Yo sí.

Intervino Robles.

Ahí tiene, podría continuar allí su pesquisa.

¿A Salcido le gustaba comer bien?

Siempre quería lo mejor y nunca comía demasiado.

¿Qué cigarrillos fumaba?

Delicados, que en ese tiempo no tenían filtro.

¿Cantaba con voz ronca o suave?

Nunca lo oí cantar, y hablaba ronco pero suave; parecía que no mataba una mosca.

Don Miguel, muchísimas gracias.

Pero casi no probó bocado, señor Mendieta, ¿gusta otra cosa?

Se lo agradezco, con esto fue suficiente.

Se despidieron.

Al salir del restaurante mandó a Robles al Guayabo y con Hortigosa regresó a la jefatura. En el estéreo, a bajo volumen, sonaba "Just The Way You Are", con Billy Joel.

¿Cómo viste, Gori?

Bien, no creo que sepa más de lo que dijo. Y es cierto eso de la voz, hablaba suave y ronco, un poco burlesco.

Pues si la grabación del Hombre muerto es de él se ve que el bato hizo gárgaras con tachuelas.

Is barniz.

Cuando llegaron a la jefatura, en el estacionamiento encontraron a un agente con un recado.

Dieciocho

¿Dónde conociste a aquel policía que quería acostarse contigo?

No lo conocí; algo tenía que decirte para dramatizar la escena cuando me colé a tu casa.

Sonrió con picardía.

Pero te buscaban.

Bueno, les había mentado la madre, uno de ellos quiso manosearme y le pateé los huevos; como imaginarás, se erizaron machín, sobre todo el pendejo al que me chingué.

Pues se veían tan interesados en encontrarte que te creí.

Los hombres de mundo no creen en nada, viejo guapo, pero a veces dan traspiés; eso fue lo que te pasó.

Estarás de acuerdo en que no es usual que alguien entre por la ventana de tu casa con la policía pisándole los talones; uno puede pensar cualquier cosa.

Es cierto, pero como eres un cabrón bien hecho la pasamos poca madre, no digas que no.

Nunca he pensado lo contrario. Fue una noche mágica, llena de luces artificiales.

Te volviste loquito.

¿Y quién no?

Ella le besó los ojos.

¿Nunca los volviste a ver?

Una vez, pero ni siquiera me saludaron.

Deben haber sido muy sensibles.

Como tú, viejo loco.

Y deslizó su lengua tibia sobre su pecho plano. Él apretó sus nalgas. A veces deseaba investigar cómo era su vida, pero se convencía de que era mejor no preguntar, porque cambiaba de tema inmediatamente. Nadie a quien conociera cuidaba tanto su privacidad como ella. Tan hermosa, tan sensual, tan dueña de todo lo que era y de lo que provocaba.

¿Alguna vez fumaste? Porque todos los hombres de mundo fuman.

Sí, pero lo dejé.

Yo también, hace un año. ¿Y porros?

Un poco, pero igual lo dejé; realmente no me provocaba ningún placer.

Yo me ponía bien locochona, me excitaba; de hecho la noche que entré a tu casa había fumado más de la cuenta.

¿En serio?

Fue la razón por la que los polis querían detenerme. Incluso me quitaron unos gramos.

Pues no te lo noté.

¿Ni cuando cogimos?

Menos, fue como un viaje sin escalas. ¿Fumas antes de vernos?

Nunca.

Y si recuerdas hemos estado tan bien o mejor que la primera vez.

Me alegra saberlo; aunque lo que sí me prendería es hacerlo en la cama que fabricaré con el árbol del ahorcado. Ese día te voy a dejar sin aliento, viejo cabrón.

Y yo a ti flotando.

Mmm, me excita.

¿De veras?

Ni te lo imaginas.

Tus pechos son perfectos.

Y tú la tienes perfecta, cabrón.

Y es toda tuya.

Y reanudaron el juego en el que sólo las personas imbéciles pierden.

Diecinueve

Un grupo de agentes, entre ellos dos técnicos y Ortega, rodeaban un cadáver. Lo habían lanzado de una camioneta negra al lado de una patrulla y después se marcharon tranquilamente. El policía que vigilaba la entrada, un joven de veinte años con un mes de servicio, estaba muy alterado. Ortega desprendió el aviso, media hoja con el mensaje: El pRimErO, escrito con letras negras. Lo metió en una bolsa de plástico y constató que había sido acribillado con doce tiros. Seguramente lo mataron con cuerno, papá, informó al Zurdo, quien asintió con la cabeza. ¿Quién es? Artemio López, tenía quince años de patrullero; al parecer lo torcieron en el vehículo mientras su compañero compraba café en un Oxxo. Órale, ¿está aquí? Con el Camello y Terminator en la sala de juntas. ¿Sabe Montaño? Envió a un pasante, no tarda en llegar. ¿Y la patrulla balaceada? La está levantando una grúa.

Mendieta y el Gori entraron a la jefatura directo a la salita. El policía estaba muy nervioso, contó que escuchó la descarga, que los de la camioneta, armados con cuernos, después de ametrallarlo bajaron a su compañero de la patrulla, lo aventaron al vehículo negro y arrancaron. ¿Cómo eran? Uno era muy alto y grueso, el otro de tamaño normal, vestían de negro y traían pasamontañas. ¿No tuviste ganas de al menos mentarles la madre? La verdad no, toda la raza se tiró al piso, me quedé paralizado machín y no tuve güevos ni siquiera para salir, menos para responder el fuego; espero que entienda que está cabrón. Eres poli, bato. Sí, ¿pero qué podía hacer con una 38? Está bien; Camello, toma nota de lo que oíste, llévala a Angelita, que la pase en limpio y la turne a la oficina del comandante. ¿Algo que se te pasara, agente? No recuerdo, estaba muy asustado. Salieron.

¿Cómo ves, Gori?

Bien cabrón.

Tenemos que apurarnos, si no van a quedar solo las secretarias; paramos la investigación, pero ellos no lo saben y tampoco lo perciben.

Tú dices para dónde le damos, Zurdo, para mí que no debemos recular.

¿Así eras de violento en aquellos tiempos?

Sonrió.

Más o menos, cuando estás en un grupo especial más vale acostumbrarse a los madrazos.

¿Crees que somos un grupo especial?

Claro, y no se te ocurra pensar lo contrario; para empezar, ya saben que tenemos los güevos bien puestos y no creo que nos vuelvan a mandar avisos pendejos como el de ayer, y les vale madre si investigamos o no; lo que quieren es sangre, mi Zurdo, aunque visten de negro les encanta el rojo. Algo pasa en el mundo que se ha vuelto de ese color.

En el estacionamiento se encontraron con Robles. Jefe Mendieta, el mesero trabajó dos años en el Guayabo, pero hace dos meses se largó sin más, ni liquidación cobró. Nos dieron su domicilio, su mujer nos contó que se fue hace los mismos meses pero que le ha depositado dinero. Vive en una casa más o menos, propia, de un piso, puerta pintada de blanco, en la colonia Libertad, frente a la iglesia. Órale. Le bajamos una foto del bato. Le mostró una impresión donde un hombre alto y fuerte abrazaba a una mujer que le llegaba al pecho. Es joven y luce uniforme de soldado raso. ¿Es muy bajita la señora? No, mide como uno setenta, se casaron cuando Iván era soldado. ¿Hijos? Todos en Estados Unidos, la señora tiene cuarenta y dos y, según nos contó, él le lleva tres. Buen trabajo, Robles, ahora vuelve con ella y dile que le tienes que tomar una foto a la tarjeta, exponle las razones que quieras, luego se la pasas a Stevejobs para que rastree los depósitos.

Iván podría ser el grandote que disparó en el Oxxo. Puede ser, ahora que lo dices, me pareció ver un grandote entre los hombres que cuidaban a Salcido cuando lo apañamos, pero no estaba con los que llevamos presos. ¿Supiste si purgaron condenas largas? Más bien creo que los soltaron. Mmm, sólo les interesaba el Siciliano. Mientras conversaban se llevaron el cuerpo del agente al Servicio Médico Forense y diez minutos después arribó el comandante Briseño. Se notaba agitado.

Edgar, necesito hablar contigo, vamos a mi oficina; Gori, espera aquí.

Ya en la oficina, y casi murmurando, el comandante justificó su nerviosismo.

Me volvieron a llamar hace un rato, me dieron veinticuatro horas de vida si no abandonamos la investigación, les dije que la habíamos dejado. Dijeron que no, que andamos hurgando en los archivos del Ejército, ¿qué hiciste?

Stevejobs encontró algo que se borró antes de que lo pudiera imprimir; seguramente nos pusieron esa pequeña trampa para ver si nos habíamos detenido y nos pillaron.

Pues para todo, ya basta, no vale la pena que siga muriendo gente como ese pobre infeliz que se acaban de llevar; por si te interesa, el procurador buscó ayuda y la respuesta fue: dejen eso, no se metan allí, al parecer el grupo de Salcido es más poderoso de lo que pensábamos, incluso más fuerte que antes. Así que voy a tomar unas vacaciones, me iré por ahí con mi mujer y te aconsejo que hagas lo mismo; hace mucho que no visitas a tu hijo, no estaría mal que pasaran unos días juntos. ¿Cuál es su nombre?

Jason.

Se miraron por un momento, Briseño se veía devastado.

Jefe, estamos metidos hasta la madre en esta bronca; usted resguárdese con su señora, pero nosotros los vamos a enfrentar; gracias por acordarse de mi hijo, pero lo mejor que le puedo dejar de herencia es mi ejemplo.

Edgar, es una orden.

Guárdela comandante, y no empecemos de nuevo con nuestras broncas; nosotros nos vamos a morir en la raya, no sólo por el honor de la Policía

Ministerial y la memoria del comandante Manrique, sino porque ya nos tienen hasta la madre esos cabrones. Usted piérdase, porque van a volar pelos.

Mendieta se puso de pie. Briseño estaba pálido y en silencio, cualquier palabra que dijera iba a ser letra muerta y prefirió callar. El Zurdo abandonó la oficina, sentía una rara energía imposible de explicar.

Antes de llegar al estacionamiento le marcó a Jason, pero no respondió. Pinche morro, ¿dónde andará? Espero que no ande en el desmadre. Le marcó a Enrique:

Hasta que llamas, cabrón, ¿qué onda contigo, crees que con ser mi hermano es suficiente? Estás pendejo. Buenas noches, pinche Enrique, y deja de regañarme, ni nuestros papás lo hacían ni contigo ni conmigo. Es cierto, ¿cómo estás carnal? Bien machín, ¿y tú? Un poco preocupado, va a haber elecciones de nuevo y si vuelve a ganar el señor del copete se va a poner bien cabrón. ¿Podrías tener broncas? Yo no, pero mucha raza sí. Pues llévala tranquila y espera, tal vez no pase nada. Olvídate, aquí si el río suena es que agua lleva; oye, ¿y ese presidente que habla todos los días, de dónde lo sacaron? De las catacumbas. Suena de la chingada. Eso dicen, pero ya ves que no me gusta ese pedo. No me digas que votaste por él. Cómo crees, como dice el doctor Jesús Kumate, un señor buena onda que conocí: ni drogado hubiera votado por él. Menos mal, ya me tenías preocupado; oye, ¿le has llamado a Jason? Le acabo de marcar, pero no respondió. Hablé con él la semana pasada y creo que tenía una práctica y no iba a estar disponible; está muy bien el morro, eh, es un chingón; pinche Edgar, tienes un hijo que no mereces cabrón. No empieces, ya te dije que le llamé. Pues llámale a Susana y le dejas recado. Buena idea. ¿Y cómo va la chamba? Igual que siempre, los delitos son como la cosecha de mujeres: nunca se acaban. Órale. Bueno, carnal, saludos para tu raza. Cuídate cabrón y no te pierdas.

El Camello y Terminator se encontraban en la sala de juntas. Morros, uno de ustedes pida a sus contactos militares que le pase la ficha de Iván Ángel Rodríguez, es un bato grandote. Esa tarea es mía, expresó Terminator. Mi compa trabaja en el archivo.

En el estacionamiento, con la primera oscuridad:

Mi Gori, este arroz ya se coció, ponle machín para tu cantón y mañana nos wachamos; nos vemos a las ocho y si te parece vamos a Bacurimí y te pago la barbacoa que te debo. Juega el pollo.

En cuanto subió al Jetta se escuchó el Séptimo de caballería. Era Gris Toledo.

Buenas noches, jefe. Buenas Gris, ¿cómo te fue? Muy bien, tenía usted razón, Salcido fue su pretendiente, incluso le dio a entender, cuando ya estaba casada con Manrique, que era capaz de robársela; dijo que lo había olvidado completamente, tal vez porque tuvo varios enamorados; esto no lo presumió, se lo planteó y lo aceptó. Debe haber sido reina del carnaval o algo así. No lo mencionó; tiene un perro grande, bravo y, según me contó, buen guardián; es buena gente, me regaló queso, duraznos y manzanas de la huerta de su hermano, todo muy rico. ¿Lo viste a él? Sí, al parecer no se despega del abarrote, pero en este momento prefiere estar con ella; le hice algunas preguntas y me propuso platicar con usted mañana a las once en el mercado Rafael Buelna. ¿Donde venden y compran dólares? Exacto, que lo esperemos por la Hidalgo, en el restaurante El Gallito. Conversaron del niño y de que se había sentido bien en el trabajo.

Mendieta puso a Carla Morrison, una cantante que no conocía pero la canción sí: "Un mundo raro", de José Alfredo Jiménez. Encendió el carro y se largó a su casa pensando lo mismo que todas las noches. ¿Realmente hay necesidad de exponerse tanto para ganarse la vida? Pinche destino, y aparte estos cabrones que nos traen pendejos, fue su última reflexión antes de seguir la suave voz de Carla. Metió el carro a la cochera, entró y se sirvió un whisky doble. El cuerpo murmuró algo que no quiso escuchar. En su habitación prendió la tele y se acostó vestido. Tenía razón el poeta Pacheco, a mí tampoco me pregunten cómo pasa el tiempo.

Veinte

La pelirroja llegó a tiempo con una pequeña bolsa de papel de estraza. Lucía un vestido azul claro, suelto, y su cuerpo estaba aperlado de pequeñas gotas de sudor. Ricardo la besó y ella lo rodeó con sus brazos para que la sintiera completa. Turgente.

Tus besos me desquician, viejo loco. ¿Lo sabías, verdad?

Me encantas.

Ella sacó una botella de medio litro de tequila blanco Caballero Parra, la abrió, acercó dos vasos de cristal, sirvió con generosidad, bebió el suyo con rapidez y lo miró.

¿En qué estábamos?

En que estás más hermosa que nunca.

Se abasteció de nuevo y bebió a fondo. Se limpió la boca con el dorso de la mano.

Voy a dejar el tequila y quiero que mis últimos tragos sean contigo.

¿Ya no vas a beber?

No dije eso, dejaré el tequila para entregarme al whisky; durante dos meses lo he probado y he decidido disfrutarlo por el resto de mi vida.

Excelente elección.

Casi tan buena como elegirte a ti, viejo sátiro.

Se alzó el vestido y no traía ropa interior. Favela la contempló y sintió una erección inmediata.

Mamacita.

Vine preparada.

Mujer sabia vale por dos.

Dejó caer su vestido. Él la siguió, mientras, la pelirroja lo besaba donde más le gustaba, ninguna boca como la suya.

Me encantas, cabrón pendejo.

Ricardo se complació explorando los rincones más íntimos de aquel cuerpo maravilloso.

Me gustas, viejo, me gusta tu cuerpo y cómo reacciona ante mí.

A mí me gustas toda tú; cada milímetro, desde tu pelo, tus pechos, hasta llegar a tus nalgas perfectas, y qué decir de cuando te entregas para recibirme. Y, sobre todo, que no tengas nombre.

Ya volviste a prenderme, viejo cabrón.

Me gusta contemplarte, recorrerte con mi lengua, besarte justo donde te vuelve loca hasta entrar en ti.

Mmm.

Mientras él lamía sus senos, ella tomó la botella y dio un largo trago.

Sólo nos falta nuestra cama de madera de árbol de ahorcado.

Y… la… ten… drás.

Así, viejo cabrón, baja ya de una vez por todas que necesito sentirte.

Ella deslizó sus manos a la cabeza del viejo y él se esmeró por hacerla llegar al máximo con cada caricia, consumiéndola hasta que la pelirroja se arqueó.

No pares, cabroncito… tienes la lengua del dios del placer.

¿Sigo?

Cállate.

Veintiuno

Que te despierte el teléfono en la madrugada está de güeva y el Séptimo de caballería sonaba frenéticamente sacando a Mendieta de un sueño irregular. Tomó el celular de encima del buró y respondió sin ver:

¿Quién eres?

Aunque se arrepintió de inmediato y se despabiló.

El comandante Briseño. Ah.

Respiró tranquilo.

¿Qué onda comandante, dónde anda? Estoy bien y a buen resguardo, oye, quizá haya un militar dispuesto a colaborar; me pidió tiempo para pensarlo y prometió llamar mañana. Órale, pero usted está afuera, y además amenazado de muerte. Tal vez tenga ascendencia sobre Salcido y se anime a pedirle que nos olvide. Por la manera en que se comportan, creo que ni el mismo diablo tiene ascendencia sobre él; tómelo con calma, comandante, y manténgase en un lugar seguro. Pretendo tener fe, Edgar, no quiero correr la misma suerte que Manrique: retiro involuntario y luego asesinado de la peor manera. Entonces desaparezca completamente, no llame ni dé señales de vida; vamos a estar atentos. Me gustaría que me mantuvieras informado. Cuente con eso, pero usted no se mueva de ahí por nada del mundo.

Expresó el detective y cortó. Por supuesto que no le diremos ni madres, capaz que por estarse cuidando nos pone en peores aprietos. Aunque no le falta razón en temer, esta madre escama a cualquiera.

El Zurdo quedó pensativo. Pinches militares, están bien pesados y no se andan con medias tintas más que pura madre. Vio que eran las tres y media de la mañana. Fue a servirse otro Macallan doble y a prepararse un Nescafé. *Ey, pinche mapache, no te hagas güey, dijiste que sólo un trago y ya llevas dos,* protestó el cuerpo. Tranquilo, ¿qué tanto es tantito? *Ni madres, si te sirves otro whisky te mando una esclerosis múltiple y entonces sí vas a chillar lo que no has chillado en tu perra vida, ni la cúrcuma te aliviará.* No exageres. *Cabrón, ¿ya viste la hora?* Las tres cuarenta, más o menos. *Pues vamos a hacer la meme, y a ver cómo le haces pero la noche que viene quiero un cuerpo de mujer a mi lado.* ¿Te acuerdas de Jaime Labastida? *No.* Es poeta; un día contó que otro poeta, Alí Chumacero, después de una noche de farra, amaneció con un cuerpo desnudo al lado que le daba la espalda y que rogó con toda su fe: Dios mío, que sea de mujer. *No me salgas con pendejadas, quiero unas buenas nalgas con nosotros y ya.* Qué delicado, pinche cuerpo. *No le pongas azúcar a ese brebaje infernal, no quiero broncas de diabetes.* No me digas, ¿también le temes al gluten y eres intolerante a la lactosa? *Chinga a tu madre, Zurdo.* El detective sonrió y se fue a beber el café a la sala, encendió el estéreo, se sentó cómodamente en la oscuridad para escuchar, a bajo volumen, el cedé de Frank Sinatra que había traído Ger. Desde luego que no se sirvió el whisky. Con "Fly Me to the Moon" se fue quedando dormido, pensando que al día siguiente avanzaría en la búsqueda de Milla Jovovich. Antes de que el pinche viejo estire la pata. Ah, en cuanto abran la vinoteca voy a ver si la tarjeta que me dieron funciona, y si quieren saber qué veo: un pinche túnel más oscuro que la tumba de Tutankamón.

Raaattt, raaattt, lo despertaron dos tupidas descargas de AK-47 en la puerta y en la ventana, cuyos cristales volaron hechos pedazos. Qué onda. Al piso. Pasaron varios segundos en los que permaneció inmóvil, desarmado, observando la pared balaceada. Buscó el rifle que le había prestado el Gori, lo tomó y gateó hasta la entrada. ¿Quieren saber si estoy en casa? Pues ahí les voy, pendejos, cuidadosamente se asomó por un extremo de la ventana, vio un Jeep negro frente a la casa y a un hombre vestido del mismo color junto al cancel de la cochera con un rifle en las manos. Pinche puto, disparó varias veces por un espacio en el que antes había cristal. Los enemigos respondieron con otra nutrida descarga que lo obligó a lanzarse al piso y luego se largaron velozmente. ¿Qué onda? Misión cumplida. ¿Y ahora?

Sigilosamente se asomó por la ventana destruida moviendo un poco la cortina. Puta madre, seguro rompieron los cristales del Jetta. La calle se hallaba silenciosa. Los vecinos, si despertaron, se refugiaron en el último rincón.

Fue a su habitación, tomó la pistola que estaba junto al libro de Haghenbeck, la metió en su cintura, regresó y abrió la puerta de la calle, se apostó tras el carro masacrado y se deslizó despacio rumbo al cancel. Allí permaneció unos segundos. Entiendo, es un aviso de mis queridos amigos de negro. Pinches hombres cazamarcianos, ¿qué les he hecho? Si son tan chingones deberían saber que no me interesan sus pedos; si lo suyo es traficar, pues trafiquen todo lo que quieran; si necesitan matar policías retirados para ser millonarios, ¿quién lo puede impedir? Nadie, el Chapulín Colorado ya se retiró. Luego entró a la casa y se sirvió un whisky doble y lo bebió de una ante el silencio cómplice del cuerpo, que comprendía que algunas adicciones pueden aliviar momentos cruciales como ése, aunque la vida se vaya yendo por el caño. Buscó entre los cedé de los Beatles, puso "A Hard Day's Night", pero se oyó "I Should Have Known Better". Este cedé es un desmadre. Se disponía a recostarse, pensando que en un mismo sitio nunca caen dos rayos uno tras otro, cuando una aparatosa frenada, frente a su casa, lo puso alerta. Puta madre, regresaron a mear. Afianzó el fusil que tenía al lado, quitó el seguro a la Walther, la regresó a su cintura y se apostó en el pasillo mirando la puerta de entrada. Qué vuelen pelos.

Alguien entró a la cochera y tocó. Mendieta esperó apuntando a la puerta. Adrenalina al cien. Qué pedo. Una voz lo sacó de su estado de alerta máxima.

Zurdo Mendieta, abre, soy Max Garcés.

Reflexionó: ¿Qué les parece? ¿Quieren vivir mi vida? Órale, se van unos, probablemente los gatilleros de Salcido, y llegan los narcos; no digan que no es chingón. ¿Qué onda? Abre, hay muchos vidrios aquí. ¿Te volviste de cuero frágil o qué, Max? Abre rápido, pinche Zurdo Mendieta, no querrás que nos pongamos a cotorrear como un par de pendejos a través de la puerta. Despeje, mi Zurdo, dijo el Diablo Urquídez, al lado de su jefe. Le traíamos serenata, pero se nos adelantaron. Abrió. Qué onda, cabrones, pasen a lo barrido. Max, el jefe de los hombres de Samantha Valdés, fue al grano. Hace media hora supimos que venían por ti y no necesito decirte que no llegamos a tiempo. Tranquilos, no pasó nada. Es lo que tú crees, y no lo digo por el desmadre que te dejaron; en primer lugar, no nos explicamos por qué estás metido en este pedo si tú no eres de Narcóticos. Muy fácil, Max, tenía ganas de un poco de rocanrol y ya está. No me salgas con pendejadas, Zurdo Mendieta, es el territorio de Moisés Pineda, que debe estar durmiendo a pierna suelta mientras tú tendrás que barrer todo este cochinero. Para tu pinche carro, güey, me cae de a madre cuando intentas convertirte en mi niñera; por si no lo sabes, puedo hacer lo que me dé mi rechingada gana. Pues fíjate que no, no puedes, y te vas a salir de aquí ahora mismo; si te quedas no amaneces, pinche Zurdo Mendieta, y si entiendes este pedo, y creo que sí, te mandaron un aviso. ¿En serio? Pues qué problema que el correo no funcione como antes. Ayer iban por ti y por el Gori, pero ustedes les madrugaron, ¿crees que eso se iba a quedar así? De una vez por todas convéncete: te echaste un pinche alacranero encima y si no te pones trucha te va a llevar la chingada. Breve silencio.

¿Por qué no entraron y me dieron matarili? Les gusta amenazar, que sus víctimas se caguen de miedo, y luego se los chingan; la señora está enterada y te quiere lejos de tu casa. ¿Samantha? No me digas, qué tierna; pues vas ahora y le dices que se olvide, que no iré a ningún pinche lado. Está fuera de la ciudad, mi Zurdo, intervino Urquídez. Escúchame cabrón, a mí me importa madre si vives o mueres, pero a la señora no, ella quiere que te brindemos protección y sus órdenes son sagradas; así que deja de hacerle al pinche desarrapado, trae algo de ropa, porque nos vamos. Pues si me voy no será con ustedes. ¡Oh, qué la chingada, pinche Zurdo! Diablo, a lo tuyo. Mi Zurdo, nuestra orden es llevarlo por las buenas o por las malas, ¿podría evitarme la gachada de darle unos madrazos con la Barret?

Mendieta sabía que no tenía alternativa. ¿Puedo hablar con ella? No me parece buena idea. No seas cabrón, Max, al menos hazme ese paro. Hacer paros no es lo mío, Zurdo Mendieta, además, ¿ya viste la hora? Los que se dedican al tráfico de lo que sea no tienen horarios, Max, y nadie lo sabe mejor que tú, el hombre sonrió sardónicamente. Bueno, sólo por tratarse de ti. Accionó el celular con el que sólo se comunicaba con ella. Tardó en responder. Jefa, disculpe la molestia, aquí su amigo quiere hablar con usted. El detective tomó el celular.

Zurdo Mendieta, me había prometido no decirte nada ofensivo, pero no es posible, ¿por qué insistes en comportarte como un pendejo?; ¿qué chingados pasa contigo, pazguato malparido? Mendieta se atragantó de coraje. Pasa, por si lo olvidaste, que soy policía y debo cumplir con mi trabajo. Cabrón, deja de hacerte güey y contesta mis preguntas. Quizá me dio la gana hacerle caso al comandante después de escuchar una grabación donde lo amenazan de muerte y de paso a tu servilleta, que según tú no tengo vela en este entierro. Y decidiste hacerle al héroe de serie americana, estás más loco que una pinche cabra, Zurdo Mendieta. Puede ser, la verdad es que no pensé que estos batos estuvieran tan pesados. Porque te volviste pendejo, esos cabrones siempre han estado muy pesados y peligrosos; se van a chingar a Briseño y por supuesto que a ti también. ¿Trabajan contigo? Claro que no, desde siempre han ido por la libre, pero mientras no nos afecten podemos llevar la fiesta en paz; así lo dispuso mi padre. ¿Conoces a Sebastián Salcido? Más de lo que imaginas, y ahora quiero que entiendas esto, Zurdo Mendieta, no tienes alternativa, debes ir adonde Max te lleve; soy una sentimental, ya sé, pero no quiero que te maten tan pronto, y si es cierto lo que me dices, trataremos de echarle una mano a Briseño. En la grabación incluían a su señora. Es lo que te digo, es gente sin escrúpulos, de sangre negra y saben esperar; ahí tienes lo que le pasó a Manrique. Hay delitos que prescriben. Pero el odio jamás y muchos lo conservamos indefinidamente, aunque sepamos controlarlo. Qué interesante, supongo que sabes más de lo que me dices, Samantha Valdés. No te he dicho nada, Zurdo Mendieta. Cortó.

Le hubiera gustado comentarle del Gori, pero no le dio tiempo.

Tomó un par de playeras negras, un pantalón, una chamarra delgada, ropa interior, media botella de whisky, el cedé de los Beatles que tocaba a su arbitrio, echó todo en una bolsa de súper y se declaró listo. Un favor, mi Diablo. Lo que diga, mi Zurdo. Avisa a Ger para que no venga, dile que llame a Gris y que le diga que estoy bien, lleva mi carro a donde le pongan cristales nuevos y también que arreglen las ventanas, le pasó las llaves del Jetta y de la casa. Luego me dices cuánto es; Max, estoy listo. El Diablo cerró la puerta de entrada y la del cancel con doble vuelta y subieron a una de las tres Hummer que habían llegado por él. Mendieta vio aquellos monstruos oscuros y concluyó que estaba embutido en algo en lo que, si salía, no se volvería a meter en su perra vida.

Escuchó el celular, vio quién llamaba pero no quiso responder. Lo que no advirtió fue un auto más o menos conservado a cien metros de su casa, cuyo conductor no perdió detalles.

Veintidós

Quiero hacerte un regalo.

Hasta que tuviste una buena idea, viejo cabrón.

¿Qué se te antoja?

Que te concentres en darme tu elixir, primero con tu boca y que no pares por nada, para luego recibirte.

Yo pensaba en una joya o en un viaje.

¡Un viaje a la locura es lo más chingón! Así que mejor entra en mí como nunca antes, que todos nos oigan para que se les antoje. Vamos, pendejo, ¿qué te pasa? ¿Qué esperas?

Le agradó que no hubiera llegado con sutilezas. Comenzó a besarla con desesperación. El pelo rojo estaba alborotado y en sus ojos sólo leía deseo.

Eres maravillosa.

¡Cállate y sigue!

La pelirroja usaba todo el cuerpo, se mecía, se encorvaba, acariciaba la cabeza y la piel del viejo mientras él se concentraba en no detenerse, con tal arte que ningún idioma ha logrado definir.

Quiero el orgasmo de mi vida.

Ella se incorporó y lo trepó, movía su cadera con energía insaciable, él respondió sin detenerse hasta que lograron crear un torbellino de placer donde la voz de ella lo llenaba todo.

¡Soy tu diosa, cabrón!

Y se mecía mientras él sentía la humedad del cuerpo de la pelirroja con el rostro transformado de placer.

¡Soy tu dueña, cabrón, la única que te hace sentir vivo!

Lo eres, pelirroja, la que me acaricia como una diosa.

¡Eso soy, una diosa!

Ella aceleraba y él sabía que no la podía abandonar un segundo.

¡Ayúdame y muévete, viejo pendejo!

Y él se entregaba aún más.

¡No te detengas!

Él se movía con más fuerza.

¡Así!

Le decía mientras se arqueaba, era el preámbulo de la plenitud, él sólo tenía que seguir.

¡Si paras te mato!

¿Así?

¡Cállate y no pares!

Mmm.

Ahh.

Ambos se abandonaron al deleite.

Veintitrés

¿Dónde se encontraba? Ni idea, cuando se subió a la Hummer le pusieron una capucha como si lo hubieran levantado. La habitación tenía lo necesario para estar confortable: whisky, tele y whisky. Además de una bolsa de papas fritas y un par de vasos limpios. Corrió un poco la cortina de la ventana y percibió la claridad del amanecer. Descubrió un pequeño instrumento que emitía una leve luz azul; seguramente era el seguro de la ventana o la alarma. Por supuesto que había cámaras pero no las quiso buscar. Se recostó y evaluó su circunstancia: más jodido no podía estar: amenazado de muerte e imposibilitado para realizar su trabajo. ¿Qué hacer? Dudó, no quería que la curiosidad lo llevara por caminos extraños de los que los exmilicos no lo dejarían salir con vida. Había pateado el avispero y tenía que enfrentarlo más allá de la protección de Samantha Valdés. Lo primero es que debía jalar al Gori, ¿pero cómo traerlo si ni siquiera sabía dónde estaba su refugio? Debió plantearle a Samantha la necesidad de continuar la búsqueda de Milla y el asunto de que no podía dejar al torturador desamparado. Aunque Hortigosa se defendía mejor que nadie, lo matarían más temprano que tarde. ¿Qué onda? ¿Renuncio y permito que las cosas sigan su curso? Que el tiempo pase no funciona con estos tipos. Samantha lo dijo muy claro: esos cabrones saben esperar y, como dice el Gori, sólo hay una manera de enfrentarlos y es poner todos los güevos en la misma canasta y que vuelen pelos.

¿Cómo es posible que un puñado de asesinos corruptos nos haya puesto patas p'arriba? ¿Qué clase de Policía somos? Por eso nadie confía en nosotros, somos un ejemplo de discapacitados mentales. ¿Quién es Salcido? ¿Por qué el ejército no lo protegió y purgó esa condena tan larga? Necesito a Stevejobs y su magia electrónica para descubrir quién es ese cabrón que parece que es lo único que existe en el mundo. Se acabaron los delincuentes: sólo queda Sebastián Salcido, alias el Siciliano.

Tenía claro que se hallaba en el filo de la navaja. Había recibido esa amenaza, después el agente muerto con el cartelito y luego Samantha lo puso bajo su protección. Quería decir que había mucho detrás de ese nombre, mucha tela de dónde cortar, la capiza había dicho que lo conocía más de lo que él imaginaba. ¿Tanto? Creo que mejor me dedico a buscar a Milla y a mis actividades de siempre, pues, como bien saben, el trabajo de un placa nunca es el de siempre.

Apenas amaneció llamó al Diablo y le pidió hablar con Samantha Valdés.

Mi Zurdo, es muy temprano, no olvide que desvelamos a la jefa, esperemos un rato.

Nomás que no se me quemen las habas, mi Diablo.

Mientras descanse, se nota que no ha pegado el ojo en toda la noche.

Sobres, sólo trata de que sea lo más pronto posible.

Luego de dos horas entró el Diablo con una charola que contenía una taza de agua caliente, Nescafé y un plato con dos tacos.

Ya sé que este brebaje es su favorito, mi Zurdo, así que lléguele. El jefe Max me dio instrucciones, puede recibir llamadas y hacer un par, y no se preocupe, tenemos un sistema para que nadie las intercepte.

¿Neta?

Se lo juro, y aquí tiene este par de tacos de machaca. Dijo Ger que debía refinar, y que si se resistía le pegara un tiro en un pie para que agarrara la onda.

Pinches viejas, sólo piensan en hombres bien alimentados.

No quiera saber lo que hace la Fabiola para que coma y no le llegue tan seguido a la cerveza.

Palabras mayores, mi Diablo.

Veintisiete minutos después la capiza consintió en hablar con él.

Zurdo Mendieta, veo que no dormiste. Buenos días, Samantha, voy a ir al grano: acepto estar aquí, pero necesito dos cosas. Antes de que me las pidas, entérate, este asunto está muy enredado, hay muertos, amenazas y odio, mucho odio, Zurdo Mendieta, así que vas a quedarte allí unos días mientras cuadramos un par de cosas. Valiendo madre; oye, si me vas a hacer el paro, házmelo completo; necesito avanzar en una investigación, es muy urgente, y no es un asunto estrictamente policiaco. Si no es policiaco, ¿entonces qué chingados es? No sé cómo explicarlo: necesito encontrar a una persona, alguien la quiere ver antes de morir. ¿Te importa más eso que tu vida? No, pero quiero hacer ese jale, estamos a punto de encontrarla y me gustaría llegar al final. ¿Qué necesitas? Que me permitan moverme, reunirme con mi equipo y recibir llamadas. Deseas abandonar el refugio. No serán muchas veces. Está bien, pero que sean salidas rápidas; te van a acompañar y no serás visible más que en los lugares a los que vayas. Gracias, otra cosa, el Gori, un poli de mi equipo, es el único que queda del comando que detuvo al Siciliano y andan sobre él, quiero protegerlo. Sé quién es el Gori Hortigosa y haz lo que te plazca, solamente que no esté contigo, y lo de Salcido, no lo muevas, no por el momento. Cortó.

Órale, está bien, pero no me la trago, aquí hay gato encerrado, y no es triste y azul como el de Roberto Carlos, ¿recuerdan la rolita "Un gato en la oscuridad"? Pues ésa. Le regresó el celular a su dueño. Gracias, mi Diablo, expresó y encendió el suyo. En la pantalla de plasma que había hecho funcionar el sicario pasaban una película antigua en la que un perro llamado Beethoven traía loca a toda una familia. Se acordó de su amigo Horacio Hernández, un hombre que amaba a los perros y los cuidaba tan bien como a sus hijos. ¿Dónde andará ese cabrón? Tenía años sin verlo. Muy buena onda Laura, su mujer, muy amiga de Susana. Tengo que llamar a Jason de nuevo, espero que le haya ido bien en su práctica.

A las nueve entró una llamada de Gris.

Mendieta. Jefe, ¿está bien?, hace un rato me llamó el Gori, dijo que anoche balacearon su casa y que usted se había ido en unas Hummers negras, pero que no lo llevaban levantado, ¿qué pasó? Estoy bien, me está protegiendo ya sabes quién; no te olvides de ir al periódico, dile que te manda el secretario de Agricultura, que consideró que no era necesaria una carta. Copiado, ¿cómo va con los militares? Mal, en vez de avanzar retrocedo; al parecer lo de anoche fue un aviso, pero como bien dijo el clásico: hay veces que se pierde y otras en que se deja de ganar. Tenga cuidado, jefe, Ger está preocupada, me llamó muy temprano y no sabía qué hacer, le marqué a usted pero su celular me mandó a buzón. Por favor llámala, dile que esté tranquila y que no vaya a la casa hasta que yo se lo indique. Bien. Es por su seguridad, a algunos les gusta practicar tiro al blanco en mi ventana y no vaya a ser que la confundan con un blanco móvil. Se lo diré, ¿se le ofrece algo? Lo del periódico y puedes llamarme o enviar mensaje si es necesario. Si no respondo te marco luego. Cualquier cosa ya sabe que cuenta con nosotros, aquí estamos Fito y yo dispuestos. ¿Fito? Rodolfito, mi hijo, le decimos Fito. Ah, ¿crees que ya puede usar una bicicleta de montaña? Por favor jefe, es un bebé. Y qué, tiene cabeza y puede empezar rompiéndose la nariz. Ay, jefe.

Se despidieron sonrientes. Era verdad lo que decía Espinoza, los policías eran personas con pocos amigos fuera de sus compañeros de trabajo; pensó que, sobre todo con Gris, no necesitaba más. Meditó un momento en la amistad tan extraña que sostenía con Samantha Valdés. Sí, solo una amiga leal podría estar tan pendiente de sus pasos y protegerlo de esa manera. Pinche vieja, está cabrón el control que ejerce sobre lo que la rodea, y ahí estoy como un maldito monito más. Chale.

Le marcó a Robles.

Qué onda. Con la novedad de que la señora se peló, le pusimos plantón toda la noche y ni sus luces. Ándese paseando, eso significa que todo se está acortando, agente Robles, tienes que cuidarte aún más porque seguro te plaquearon machín. Entiendo, pero no se trata de quedarse en casa, jefe Mendieta. Claro que no, arráncate a la jefatura, júntate con el Gori y no se muevan de allí hasta que se los ordene. ¿Si Briseño nos dice algo? No lo hará, y si lo hiciera no le hagan caso. Bien, cualquier cosa le llamo. 10-4.

En cuanto cortó, sonó el Séptimo de caballería. Era Alejandro Favela.

Lo invitó a desayunar, le comentó de su padre y quedaron en verse por la noche. Mendieta experimentó un ligero escalofrío: le quedaba menos tiempo para encontrar a Milla y aún no sabía ni su nombre ni tenía la más mínima idea de dónde la podía encontrar. ¿Qué clase de detective era? Bueno, no soy tan chingón como el viejo piensa.

Se quedó quieto. La habitación era cómoda: cama, reposet, estéreo, baño y una ventana que daba a un jardín muy cuidado. ¿Dónde me tienen? A poca distancia, una barda de cinco metros de altura. Está dentro de la ciudad, porque se oye tráfico, pero no es la casa de Samantha. Se acordó de Matilde, de cómo admiraba a esa chica tan lista y juguetona. Qué ocurrencia ésa de meterse por la ventana del baño y plantársele al dueño de la casa como si nada, ¿qué mujer hace eso? Alguien con mucho dinero o con mucho poder; alguien acostumbrada a los riesgos; porque loca no estaba, se vieron por quince meses y además huía de la tira. Se detuvo. Le marcó a Robles. ¿Cómo están? Tranquilos, jefe, Angelita nos ha dicho que no tarda. Muy bien, ahora pásame a tu acople. ¿Qué onda, mi Zurdo, estás bien? Perfectamente, mi Gori, oye, el aire está muy caliente, no se muevan de allí hasta que yo lo indique. Anoche vi cómo te ibas con esos batos, son tus compas, ¿verdad? Algo así, oye, ¿conociste a Alexis Bringas? Lo recuerdo, hace años que se jubiló. Tengo su dirección, necesito que vayan por él y me lo pongan a la mano. Lo que digas. Ponme a Robles. Le dio la dirección del policía y le solicitó que lo llamara cuando lo tuviera con ellos, en un par de horas.

Luego fue a la sala donde varios hombres jugaban al veintiuno mientras otros se mantenían atentos a las ventanas y tres o cuatro vigilaban desde el jardín. Hizo una seña al Diablo, quien lo siguió a la habitación. Lo puso al tanto de los lugares que deseaba visitar para que estuviera listo.

¿Les dices a tus hombres a dónde vamos?

No, mi Zurdo, son de confianza, es mejor que sólo nos sigan. Al que sí le digo, antes de salir, es a Max, que a su vez le avisa a la señora.

Muy bien, salimos en un rato; vamos a visitar la Casa de Maquío.

¿Aquel político barbón que hizo temblar al Casi-sin-greñas?

El mismo bato loco.

No la ubico, ¿dónde está?

En la Chapule, cerca del café Miró.

Órale.

Y por la noche iremos al hospital Ángeles, ya le dije a tu jefa.

¿Se siente mal?

Un poco.

Sobres, en ambos lugares bajaré con usted y voy a estar siempre a la mano.

No es necesario, pero si son tus órdenes, no hay bronca. Una cosa: ¿viste lo de los cristales de mi casa y del Jetta?

El carro está en el taller y los vidrieros deben haber llegado a su cantón.

Gracias, mi Diablo.

Hora y media después llamó Robles.

Listo, ¿dónde se lo ponemos?

Mendieta dio las indicaciones y avisó a su guardián.

Quince minutos después el pistolero le hizo una seña de que adelante. Le pasó el pasamontañas.

¿Tengo que ponerme esta madre, mi Diablo?

Órdenes, mi Zurdo, y más vale prevenir que lamentar. Usted sabe que esos cabrones tienen más ojos que una pinche mosca.

Y la puta que los parió.

Y sus mejores amigas, mi Zurdo.

Veinticuatro

Llevaba dos horas esperando. Aunque el whisky que le había servido permanecía intacto y él se había bebido tres, se resistía a perder la esperanza.

Llegó treinta minutos antes de la hora al motel San Luis porque al fin había decidido vender sus armas, tenía tres ofertas que deseaba estudiar y quería compartirlo con ella e informarle que no sería más un cazador de patos.

Chiquita, lo mereces todo.

A sus amigos les diría cualquier cosa. Lo importante era que la chica supiera que por ella era capaz de abandonar una afición en la que tenía alrededor de cincuenta años. Advertía una extrañeza en pensar eso. Nadie abandonaba la cacería, sin estar enfermo o muy viejo, pero él lo haría; tampoco es que estuviera tan convencido; lo que ocurría es que pensaba todo el tiempo en Milla, en sus rarezas, su sonrisa, su cuerpo, en su sexo y en la manera en que intentaba convertirlo en otro hombre. Cada día que pasa, uno es otro, reflexionó. Ella sólo acelera un poco mi proceso.

La primera Navidad que los alcanzó siendo amantes, Favela temió alejarse de su familia para un encuentro, pero ella no dio señales de vida, seguramente también tenía sus compromisos. En la segunda ya estaban de acuerdo en que no se podrían ver durante esa época. Total, enero cura todo, dijo ella. Y hasta hay ofertas, agregó él con una sonrisa.

Los meses siguientes fueron intensos, amorosos y divertidos. A pesar del tiempo transcurrido no perdían las ganas y la increíble manera de aplicarse en la cama. Lo que sí, ella jamás dejó de insistir en que se alejara de esa afición infame, como concebía la cacería.

Ricardo investigó si pertenecía a algún organismo protector de animales, pero no encontró a nadie parecido a ella. Por eso decidió cerrar ese capítulo de su vida y allí estaba, buscando quién le ofreciera más por sus rifles de mira telescópica y su colección de pistolas de grueso calibre. Sólo conservaría una Magnum, aunque fuera por el momento, para defensa de la casa.

Dos horas y media de espera y presintió que ella no vendría. ¿Pasaría algo? Seguro le daría una explicación al día siguiente. Quizá se presentaría en su oficina o llamaría por teléfono.

Sí, a veces surgen imprevistos y uno no puede resolverlos a tiempo. Algo dijo ella sobre las cosas de la vida, los imprevistos y eso. Sólo espero que no le haya ocurrido nada malo.

Ricardo buscaba consuelo. Observaba la ciudad por la ventana, se volvía a la puerta, se cruzaba de brazos e intentaba controlar la zozobra que crecía con el paso de los minutos.

Espero que esté bien.

Susurró a las tres horas y decidió abandonar el lugar.

Boca seca, corazón agitado, la taquicardia de la frustración. Se detuvo en el bar del hotel San Marcos, saludó a un amigo, bebió un whisky doble y enfiló rumbo a su casa, decidido a encerrarse en su despacho, hacer todas las llamadas posibles y fingir que no hay nada más apasionante en la vida de un hombre que el trabajo.

Qué estupidez.

Pensó cuando se estacionó en su casa y vio que su mujer abría la puerta para recibirlo con una sonrisa.

Veinticinco

Alexis Bringas era un hombre delgado, enve-
jecido, que fumaba sin parar. La reunión fue en el
jardín trasero del centro cultural dedicado a uno
de los líderes sociales más importantes de México.
Se instalaron en tres sillas, porque el Gori prefirió
permanecer de pie detrás del Zurdo. A prudente
distancia el Diablo Urquídez, vigilaba.

Lo imaginé más viejo, señor Bringas.

Favor que me hace, detective, estoy jodido y este vicio me va a matar.

Señaló el cigarrillo y le dio una profunda calada.

Ser poli es elegir una forma de morir y usted
está en lo suyo; pero, entrando en materia, dígame
qué recuerda del comandante Gerardo Manrique,
al que, tal vez se enteró, acribillaron hace unos días
por la calle Xicoténcatl.

Muy poco, nunca fui de su gente, los que andaban con él eran la élite, los mejores en todo.

Tosió. El Gori aprobó con un gesto suave.

Quizá lo vi un par de veces, de lejos, pero nomás; nosotros éramos policías de a pie, vigilantes de
colonias, también nos encargaban detener borra-
chos, inducirlos a dar mordida; cada que a alguno
de los jefes le faltaba dinero, debíamos ejecutar esa
operación.

Supongo que todavía lo hacen.

Todos los días.

Sonrieron.

No tengo claro si ustedes, los de a pie, también detenían mujeres.

Los fines de semana las calles se nublaban de jovencitas que olían a alcohol o a mariguana y las bajábamos machín.

¿A cuántas les bajaste los calzones?

A ninguna, ¿cómo cree? El que tenía esa costumbre era mi compañero, Efrén Uriarte, pero ya murió.

¿Tú por qué no?

No sé, tal vez porque me crio mi mamá y cada que se ofrecía me recordaba que jamás debía faltar al respeto a las mujeres.

Pero te dejaba fumar.

Bueno, ella fumó siempre; murió de enfisema pulmonar.

¿Qué tan bonita era una pelirroja que persiguieron en la Chapule?

Reflexionó, dio una profunda calada al cigarrillo. El Gori se veía desconcertado. Robles trataba de adivinar para dónde iba su jefe. El Diablo en su lugar, tranquilo.

La recuerdo bien, era una diosa, una mujer perfecta, con una cabellera increíble, muy linda, pero muy agresiva.

Terminó el tercer cigarrillo y encendió otro. Mendieta observaba el rostro reseco del expolicía.

La apañamos dos veces; la primera se nos escapó, le plantó una patada en los güevos a Efrén y salió disparada. Nunca la alcanzamos.

Su respiración se acortó.

¿Por qué sólo pateó a Uriarte?

Quiso manosearla, era muy mano larga; invariablemente les decía a las detenidas que podían pagar con cuerpomático.

¿La persiguieron?

Sí, pero desapareció; tal vez vivía por allí, en la Chapule.

¿Y la segunda vez?

Tosió, carraspeó, escupió flemas amarillas y fumó con placer.

Fue en la banqueta del Parque Ecológico, al lado del jardín botánico. Caminaba muy desparpajada, como si se hubiera metido algo o anduviera agüitada. Le caímos. Nos pidió que la dejáramos en paz. Efrén quiso acariciarla de nuevo, hasta le tiró la onda de que quería con ella; pero fue todo porque aparecieron dos compas enfierrados que nos ordenaron que nos abriéramos si queríamos seguir con vida. Nos apuntaron sin respeto. Nosotros obedecimos de inmediato y la morra siguió caminando como si nada.

Órale. ¿Eran sus guaruras?

O sus novios, vaya usted a saber, una chica tan hermosa siempre tiene a alguien.

¿Cuánto tiempo pasó entre la primera y la segunda ocasión?

Bastante, como siete meses.

Después de eso, ¿cuántas veces la viste?

Ninguna, ni de lejos; me acuerdo de ella porque era muy bonita.

¿Qué armas traían sus novios?

Si mal no recuerdo eran rifles, tal vez M16.

¿Qué tipo de guaruras crees que hayan sido?

No tengo la menor idea, para mí todos eran iguales.

Encendió otro cigarrillo. Tuvo un acceso de tos. Mendieta lo miró con pena y le dio las gracias, pidió a Robles que lo subiera a la camioneta en la que lo habían traído y que lo regresaran a su domicilio. En dos minutos le contó al Gori su situación particular, que pareció entender sin sorprenderse.

Mi Zurdo, pregúntale al morro que te cuida si puedo quedarme contigo.

Mendieta contempló a su compañero y le agradó su gesto, aunque no haría tal solicitud.

Buena idea, de momento vete con Robles y no se separen, en cuanto los necesite les indico dónde nos encontraremos. Y anden bien truchas, Gori, tú conoces bien a estos batos.

Lo que dispongas, mi Zurdo. Y ten claro esto: los que balacearon tu casa son gente del Siciliano. Es su método: aterrorizar y luego dar piso; era lo que hacían hace veinte años.

Tenía mis dudas, pero con esto que me dices lo comprendo completamente.

Nos la van a pelar, mi Zurdo. Lo que no entiendo es por qué te protegen los narcos estando nosotros aquí, ¿estás jalando con ellos?

No, mi Gori, y tampoco entiendo por qué me cuidan a este grado.

Lo que puedo decirte es que desde hace un par de años me llevo bien con su jefa, sin ser del grupo.

Raro, ¿no?

Rarísimo.

Con la idea del rayo que no cae dos veces en el mismo sitio, el detective le pasó las llaves de su casa, que ya le había regresado el Diablo.

Esperen en mi cantón, hay un poco de comer y agua, porque el whisky me lo llevé.

El Gori pareció comprender.

Lo que digas, mi Zurdo, estaremos truchas para cuando nos llames.

¿Tu hija y tu mujer están seguras?

Si las buscan, jamás darán con ellas.

Perfecto. ¿Cómo viste a Bringas?

Bien jodido, y sin pensarlo mucho diría que los guaruras que mencionó eran narcos y, por los rifles, bien pesados.

¿Sería esa pelirroja de las chicas de Salcido?

Puede ser, aunque de las que estaban con él en el hotel cuando lo apañamos ninguna era pelirroja.

Bueno, cuídenme el cantón y no se muevan de allí hasta que sea necesario; Gris estará en contacto con ustedes.

Se despidieron.

Ya dentro del refugio recibió una llamada de Jason.

¿Cómo estás, papá? Muy bien, ¿y tú? Muy animado, participé en una práctica de campo y fue espectacular. ¿Quieres decir que hicieron detenciones? Exacto, durante semanas le seguimos la pista a un sujeto que se había robado un cuadro del Museo de Arte Contemporáneo de Los Ángeles, hasta que lo atrapamos, justo cuando lo iba a vender. Felicidades, hijo, ¿qué cuadro era? *Día de flores*, de Diego

Rivera. Del gran muralista mexicano, ¿en cuánto está valuado? No es público, pero lo investigué: cincuenta millones de dólares, pero no lo venden, por si pensabas comprarlo.

Rieron.

Mendieta sentía esa clase de orgullo de padre que no se nombra nunca con justicia. ¿Cómo está tu mamá? Muy bien y muy solitaria; deberías llamarla, papá. Tengo la impresión de que todos los días espera eso.

Mendieta se atragantó y esperó unos segundos para responder.

Lo haré. ¿Me lo prometes? ¿Crees en la promesa de un policía mexicano? No, pero sí en la de un padre, particularmente en la de mi papá, que eres tú. Pues le llamaré, pero no se lo comentes. De acuerdo. ¿Necesitas algo? Nada, papá, gracias, todo en orden. Perfecto, hijo, seguimos en contacto. ¿Y tú, estás bien? Excelente. ¿Puedo saber en qué andas? Cuándo lo resuelva te lo cuento; lo único que te puedo decir es que está de pelos, hasta pronto, y cuídate mucho.

Por la tarde le marcó a Gris Toledo.

Jefe, tengo el disco, apenas lo conseguí, porque el director llegó hasta las cuatro; fíjese que lo abrí en la época que nos interesa, pero no se ve claro en mi compu; apenas se nota un grupo de muchachas, todas iguales. Que lo vea Stevejobs. Mañana se lo llevaré. Briseño no está yendo a la oficina, así que no te preocupes porque alguien te vea; los demás estamos clavados en el caso de Sebastián Salcido. Llamé y Angelita está encantada, ya quedamos en que me cuidará al bebé mientras estoy con Steve. Pídele que de una vez le haga el nombramiento de policía a ese cabrón. Ay, jefe, pobre de mi niño; el que no lo quiere dejar crecer es usted, primero ciclista y ahora agente. Lo mandaremos a la escuela de Jason, quien por cierto acaba de resolver su primer caso. Qué bueno, jefe. Debe sentirse como pavorreal. Sí, pero antes de Navidad. No exagere.

Se despidieron, se sirvió un whisky, encendió el estéreo y puso una rolita que desde hacía días quería escuchar: "She Came In Through the Bathroom Window". Empezó muy bien pero en la frase "Protected by a silver spoon", se cortó. ¿Qué onda? La puta que la parió. Apagó el aparato y se quedó quieto. Necesitaba recapacitar. Así que la pelirroja tenía guardaespaldas y el viejo nunca se dio cuenta; claro, sólo vio polis por la ventana del baño. El caso es que si los que la cuidaban, como dice el Gori, que algo sabe de este asunto, eran típicos guaruras de narcos, entonces nuestro universo se oscurece de a madres. ¿Cómo ubicar a una chica de ésas? ¿Era de las admiradoras de Salcido? Si fuera así quiere decir que era bien cabrona y si está viva lo sigue siendo, porque esa madre no se quita.

En algún momento se quedó dormido.

Veintiséis

Después de una pésima noche, Favela llegó temprano a su oficina, revisó la sección policiaca de los dos periódicos que recibía por si publicaban algo de algún accidente de tránsito. Nada. Un presentimiento lo acosaba, algo definido pero que un hombre como él —un hombre de mundo, como ella lo llamaba— no aceptaría de inmediato. Ser cabrón no es cualquier cosa. Tampoco quería desesperarse. Cada fruta madura a su tiempo y la aceleración le cambia no sólo el aspecto y el sabor, sino la manera en que provoca el deseo de ser consumida.

Cuando Matilde apareció, a su hora de entrada, como siempre, le pidió que llamara a la Cruz Roja y a la policía, que preguntara si no tenían a una pelirroja herida o detenida. La mujer lo contempló y levantó el teléfono sin hacer preguntas. En ese momento la detuvo, le ordenó que mejor fuera a buscarla en ambas partes. Que también averiguara en el Seguro Social y en los hospitales. Que tomara un taxi para el recorrido. Le pasó dinero suficiente y agregó:

Gracias por tu ayuda.

Durante la mañana contestó el teléfono, resolvió algunos problemas, respondió una llamada de su mujer, quien preguntó por Matilde, algo extrañada. Inventó que pidió permiso para arreglar asuntos personales. Aprovechó para decirle que no iría a comer.

Me quitas un peso de encima; mijo, ¿te acuerdas de que tu hija y yo tenemos un viaje a Tucson? Vamos con Minerva Martínez y otras amigas.

Es cierto, que les vaya muy bien. Y no se aloquen comprando lo que no necesitamos.

Por supuesto que no, me gustaría saber si quieres algo.

De momento, nada.

Bueno, nos vamos en dos horas, dejo varios tuppers en el refri para recalentar. Volvemos en cinco días.

Espera, cómprame camisas blancas.

Muy bien, ¿cuántas?

Una docena.

¿Tantas? Pero si nunca te han gustado, creo que sólo tienes dos.

Quiero ver si estaba equivocado.

Se despidieron. Camisas blancas, ¿por qué no? Observó el teléfono por unos segundos. ¿Nunca había tenido otra secretaria? Claro que existía, pero se mantenía ocupada en el almacén desde donde distribuía aceite para motores; sin embargo, para el manejo de las finanzas y particularidades de la empresa, con Matilde era suficiente.

Tres horas después, la mujer llamó para informar que en los cuatro lugares visitados hasta ese momento no habían recibido a ninguna pelirroja. Le faltaban seis hospitales. A la central de policía iría al final. A las tres de la tarde le notificó que no estaba en ningún lugar. Tampoco detenida en la barandilla.

Favela le agradeció, la autorizó para que se tomara la tarde libre, se quedó quieto dos minutos y se fue al motel San Luis por si se hubiera equivocado de día. ¿Qué tal si era hoy y no ayer? Consiguió la habitación de siempre y esperó hasta las seis de la tarde. Nada. Menos afectado que el día anterior, decidió tomarlo con un poco de calma. Lo que fuera, lo sabría. O lo supondría. Y aprendería que es falso que el tiempo lo borra todo. Que los recuerdos se acomodan en el cerebro y no pocas veces se salen de control. Que nada hay más devastador en asuntos amorosos que un abandono. Que no le volvería a pasar. Le sorprendió que no le causara gracia este último pensamiento.

En su casa se sirvió un Bushmills doble, lo bebió despacio, navegando su sabor a lejanía. Después fue al baño por el que la chica había entrado. Oteó por la ventana durante dos minutos.

Decidió cenar algo, se sirvió otro whisky y entró a la cocina. Impecable. Ni modo, debía habitar esa otra parte de su vida sin complicarse. Su hijo seguía en Monterrey.

Sacó dos recipientes del refrigerador, sirvió croquetas de atún y carne molida y los metió al microondas.

Respondió una llamada de una amiga de su mujer y cerró los ojos húmedos.

Ni hablar, los hombres de mundo también lloran.

Veintisiete

Lo despertó el Diablo.

¿Quiere ir a esa madre o lo dejamos para mañana?

Eran las nueve de la noche.

Vamos de una vez.

Tengo lista su capucha y una sorpresa, pero ésa se la digo cuando regresemos.

Se dejó conducir un poco adormilado. A la entrada del hospital toparon con dos hombres armados que crisparon a Urquídez, aunque ellos no lo reconocieron. Encontró a Ricardo Favela muy animado.

—¿Sabes, detective? Era muy mal hablada; además de la cerveza negra con tequila blanco, le gustaba comer bien; era un poco sofisticada.

—¿A qué restaurante la llevó?

—A ninguno, nos veíamos en el motel San Luis y se hacía llevar platillos deliciosos. Menos el salmón, que nunca pude soportar.

—¿Supo si tenía guardaespaldas?

—No, siempre me alcanzó en la habitación. Me tocaba esperar.

—¿Tampoco se vieron en la calle o para tomar un café en el Chics, a donde iban todos, o en el Miró, que está cerca de su casa?

—Nunca.

—¿Ni supo de sus padres o si era casada?

—Como te lo indiqué, ni siquiera me dijo su nombre. El día que no apareció la buscamos por todas partes; Matilde me ayudó, preguntó en hospitales y en la policía, pero simplemente se esfumó. Ahora mi esperanza es que la encuentres, detective, y, como bien sabes, no me quedan muchos días.

—¿Usted se enteró de cuando detuvieron a Sebastián Salcido?

El viejo hizo memoria un momento.

—Era un militar narcotraficante, muy simpático. Todos supimos que lo llevaron preso.

—Hace unos meses salió libre y anda por ahí haciendo estropicios.

—Tal vez lo vi un par de veces, el Ejército nos compraba aceite para sus unidades. ¿Tuvo algo que ver con la pelirroja?

—¿Ella le comentó algo relacionado con él?

—Jamás. Ella soñaba con un árbol de ahorcados para hacer una cama y después me pidió que dejara la cacería, la afición por la que supe de ti.

—¿Y usted le hizo caso?

Sonrió. Luego le vino un acceso de tos. Alejandro le acercó un vaso de agua con un popote del que sorbió un poco. Luego se quedó quieto, con los ojos cerrados.

—Si le hubiera hecho caso no te habría conocido, detective.

Mendieta afirmó. Sin duda era un viejo interesante.

—¿En qué momento dejaron de verse?

—El día que deseé no haber nacido.

El Zurdo guardó silencio, se volvió a Alejandro, que miraba hacia otro lado. Pasó un minuto.

—Detective, no me falles, por favor.

—La encontraré, don Ricardo, se lo prometo; sólo aguante un poco.

—Era una belleza única esa mujer. Y para serte franco no hallo otra manera de describirla.

Luego calló.

Mendieta esperó un minuto y salió de la habitación acompañado por el hijo.

Le contó algunos detalles de su conversación con Matilde, que tampoco aportó algo que sirviera para seguir una pista.

Cuando tu papá conoció a esta chica, ¿había fiestas en tu barrio?

Muchas, en todas las casas donde vivían muchachas había reuniones; eran una alternativa frente a las discotecas de las que los padres desconfiaban un poco. Varias veces invité a Susana a que me acompañara, pero nunca aceptó.

Mendieta prefirió guardar silencio. ¿A dónde me quieres llevar, hijo de la chingada? De mi boca no saldrá ni media palabra sobre ella. El cuerpo sonrió, tuvo ganas de tirarse un pedo, pero se calmó, sólo expresó: *Hay maneras de hacerse pendejo y ésta es la peor de todas.* Mendieta, como si no lo hubiera escuchado, se despidió de Álex en el elevador.

Cuando bajó, delante de él caminaba el Diablo Urquídez.

¿Sabe quién está internado aquí, mi Zurdo?

Quién.

El Pargo Manjarrez, el bato que controla la costa de Las Labradas y los asaltos en la autopista Culiacán-Mazatlán.

Lo vi llegar en camilla el primer día que vine, esos morros deben ser sus guaruras.

Son unos pinches descarados, nada más asustan a la gente con esos fierros.

¿Son amigos?

No, pero tampoco enemigos; así que espero que no haya pedo. Le avisé al jefe Max y dijo que la lleváramos tranquila.

Órale.

Abordaron la Hummer, lo encapucharon y emprendieron el regreso.

Diablo, me pareció ver un boludo sobre el Country Club, ¿qué onda?

Ah, cabrón.

El joven se comunicó con la unidad que los seguía, que también había ubicado al helicóptero con el agregado de que se acercaba.

El Country era un campo de golf lleno de árboles añejos, una alberca para niños y un buen restaurante. ¿Colgarían a alguien allí?, pensó el Zurdo. Tal vez la chica que busco estaba bien tumbada del burro.

Salieron del estacionamiento del hospital y tomaron el boulevard Fernando del Paso.

¿Cómo saber que van sobre nosotros, mi Diablo?

Porque la jefa habló, le pasé el rollo al jefe Max, lo mismo que lo del Pargo. Cuando lo encontré iba por usted, porque la señora me ordenó que lo regresara al refugio en chinga y que le dijera que no se moviera de allí hasta que a ella le parezca.

Esos son güevos, no chingaderas.

Ovarios, mi Zurdo, y la jefa tiene de sobra, no diga que no.

¿Mencionó el helicóptero?

No especificó, simplemente dijo que nos andaban rastreando y que lo pusiera en lugar seguro.

Un bazucazo que pegó cerca de la Hummer les dijo que Samantha tenía razón.

¡Órale, hijos de su chingada madre!

A toda velocidad continuaron por el boulevard rumbo a un paso a desnivel que los protegería. Estaba a un kilómetro de distancia. El boludo bajó a treinta metros del pavimento y se lanzó sobre ellos. Debían ser las once de la noche y sólo dos automóviles se detuvieron ante la persecución. Treinta segundos después recibieron otro trallazo que sacudió el vehículo.

¡Chinguen a su madre, culeros!

Gritó el Diablo, sin considerar que sólo lo escuchaban el Zurdo y un compañero sentado al lado del detective, con el AK-47 preparado.

Atrás de ellos la Hummer azul que los seguía se rezagó de tal manera que el helicóptero la rebasó sin ponerle mayor atención; luego bajó casi a nivel de tierra con la pretensión de acabar con los fugitivos y no advirtió que de la azul salía un trueno que lo hizo caer girando sobre el pavimento. ¡Trash! ¡Boom! Explosión justo al tocar tierra. Llamarada.

Nadie vio a las dos Hummers, una negra y otra azul, que se esfumaron rápidamente del lugar. El Diablo Urquídez sonreía.

Uta, cabrón, estuvo cerca. ¿Sabe quién bajó al boludo, mi Zurdo?

Dios nuestro señor, que todavía nos quiere.

El Chóper Tarriba, mi compa está de regreso; pasó una temporada en Estados Unidos pero se aburrió, y como no hay nada que le guste más que el desmadre, ahí lo tiene respondiendo como los meros buenos. Ahora póngase la capucha, voy a reportar a mis superiores.

Qué buena sorpresa.

Sabía que iba a agradarle el regreso del Chóper.

Jefe, un boludo nos persiguió y lo tumbamos; tal vez a eso se refería la señora en su llamada.

¿Todo bien?

Y sin bajas.

Machín, mi Diablo; ahora clávense en la casa dos porque la uno de seguro la tienen plaqueada.

Lo copio, cambio y fuera.

Bueno, en un par de minutos le marco a la jefa. Primero tengo que tomar aire y darme un pericazo para tomar valor.

Ah, ¿neta?

Es precaución, mi Zurdo; en realidad le doy chance a mi jefe por si él quiere comentar el caso; usted sabe que en este jale el respeto a las jerarquías es lo que mantiene aceitada la maquinaria.

Órale.

No se cumplía el tiempo cuando sonó el celular de Urquídez.

A sus órdenes, señora. Se lo comunico ahora mismo.

Mi Zurdo, la jefa.

Le pasó el celular.

Bueno. Zurdo Mendieta, traes un desmadre completito, cabrón, ¿por qué esas pinches ideas suicidas? Samantha, ¿a qué te refieres? A que no quieres estarte quieto; no busques la muerte con tanto afán, cabrón, no estás tan viejo. Neta que creí que era un espectador más, que la amenaza era para amedrentar a Briseño, pero los batos insisten en bailar conmigo. No te hagas pendejo, Zurdo Mendieta, algo estás haciendo mal; para empezar, ¿por qué no le dejas el campo libre a quien le corresponde? Mira, cuando acribillaron a Manrique le caímos al sitio; empezamos a trabajar, pero llegó Pineda, reclamó el caso como suyo y se lo dejé; después Briseño me ordenó que lo tomara, ya imaginarás por qué. Es una pendejada, y luego, ¿qué es esa investigación en la que tienes que salir del refugio? Ya te dije, tengo que encontrar a una persona y me autorizaste a continuar; acabo de ver al señor y está en las últimas. Pues si no quieres que te lleve la chingada antes que a él, dile que lo olvide, y si ya te dio dinero, regrésaselo. Estos milicos son de tu gente, no me engañes. Ya te dije que no, ¿crees que si fueran de mi gente les hubieran mandado un helicóptero? Son unos hijos de la chingada. Pero hay algo entre ustedes, no creo que armen todo este pedo sólo por mí. A lo mejor porque eres mi compa. Neta que no entiendo ni madres; nada tengo que ver con el cártel. Pues te chingas, y por un par de días no te vas a mover de donde te guardemos. Podrás recibir una llamada o dos; antes tienes que avisarle al Diablo para que generen las condiciones, ya ves cómo es ese rollo de las nuevas tecnologías. El señor que se está muriendo tiene como noventa años, su última voluntad es ver a una mujer que fue su amante. ¿En serio? Sí, es a la que estoy buscando; una pelirroja que se parece a Milla Jovovich. Pinche viejo loco, ¿puedo saber cómo se llama? Ricardo Favela; lo acabo de ver y de verdad está muy jodido. Para serte franca no entiendo esos arranques. Yo tampoco, al principio se me hacía una pendejada, pero ahora siento pena por él y quiero llevársela. Pues trata de no reventar antes que él, y te repito, en estos días no vas a salir, y no seas testarudo, cabrón. Está bien, pero encerrado no podré conseguir nada; me gustaría que me ayudaras a ubicar a Salcido, hay cosas que sólo se arreglan enfrentándolas. ¿Quieres tomar al toro por los cuernos? Dijiste que lo conocías. No inventes, yo no dije eso. ¿Es cierto que le dicen el Siciliano? Zurdo Mendieta, vamos a dejarlo de ese tamaño; en cuanto sepa que no te matarán pronto, te dejo salir.

Clic.

Ándese paseando; no es nada fácil entender a una mujer como Samantha.

A Mendieta le molestaba la capucha, pero decidió no quejarse. En este momento avanzaban tranquilos, a velocidad moderada.

Qué onda mi Zurdo, ¿todo bien?

Más bien todo patas p'arriba, mi Diablo.

Usted déjese querer, ya le dije.

Dale pues, que necesito un whisky.

Vamos para otro cantón, en caso de que no hubiera, mandamos por una botella.

Que sean dos, por si nos ponen en cuarentena.

¿Le gustan Los Plebes del Rancho, mi Zurdo?

Ponlos y te digo.

Enseguida sonó "Del negociante", que el detective escuchó con un oído. Tenía que oír la canción de la muchacha que se metió por la ventana del baño. Pinche vieja, qué cabrona.

Veintiocho

La habitación se hallaba oscura. Favela reflexionaba: Había vivido a su manera, sin restricciones ni temores paralizantes; viajes, amores, éxitos y buenas amistades poblaron sus años. Jamás tuvo carencias. Meléndrez no sabía competir, tenía espíritu de acaparador y en ninguna empresa moderna eso es posible. La competencia es el alimento que logra que todos puedan ser mejores cada día. Ésa fue la razón de su enemistad. Era muy violento y quizás esa rabia le quitó la vida. La vida, sí, al fin es eso lo que se acaba.

Se volvió a la ventana. Sabía que detrás de ese cristal estaba la ciudad y más allá, el mundo. El espacio donde la pelirroja debía vivir, esperaba que bien. Resistía en su cama convencido de que no se iba a ir de este mundo sin verla. Sin acariciar su pelo, su cuerpo, su sonrisa, sus ojos brillantes y su candor malicioso. La tocaría amorosamente. Sonrió para sus adentros y le vino un acceso de tos. Alejandro le ofreció un poco de agua que le ayudó a controlar aquel impulso inesperado.

Álex.

Dime, papá. ¿Quieres que llame a la enfermera?

No, llama al detective.

Tenía la esperanza de que viniera hoy, pero no apareció.

Cuando sea una hora prudente, llámalo, debe acelerar la búsqueda.

Claro, papá, se lo diré.

Esa tarde, en una conversación casual con su cuñado, Alejandro se enteró de que se habían agudizado los problemas en la Policía Ministerial del estado, que habían asesinado a un viejo comandante y que el actual se hallaba muy alterado y escondido. Le preguntó si estarían en aprietos algunos detectives y la respuesta fue que sí, que todos estaban en alerta máxima.

No me queda mucho y quiero ver a esa mujer antes de partir.

Seguro la encuentra, sé que trae a todo su equipo en la tarea y muy pronto la tendrás aquí.

Me dejan solo con ella.

Por supuesto, papá, por eso ni te preocupes; seremos tus cómplices perfectos, mucho mejor que Matilde.

El anciano sonrió, cerró los ojos y se quedó quieto; no quiso recordar ningún momento en particular, sólo se aferró a la idea de que pronto la vería.

Hay noches en que las mejores pretensiones son los imposibles y Ricardo Favela vivía esa experiencia.

A Alejandro se le escapó una lágrima y prefirió salir de la habitación. Cuando amaneciera buscaría al Zurdo Mendieta y lo invitaría nuevamente a desayunar, algo debía gustarle además del café. ¿Y si le llamaba de una vez? Si estaba preocupado tal vez se le hubiera volado el sueño. Marcó, pero nadie respondió. Bueno, supongo que los tipos duros no se mortifican por cualquier cosa. Llamó a su mujer por tercera vez en el día y conversaron varios minutos; aunque la niña se sentía mejor, aún no era aconsejable moverla; un resfriado mal cuidado por poco se le había convertido en neumonía. Le manifestó una vez más que la amaba, cortó y regresó a la habitación. El viejo dormía. La sonrisa en sus labios indicaba que soñaba algo lindo, seguramente con la pelirroja.

Lo contempló un momento, revisó que los niveles de los instrumentos estuvieran correctos y luego se detuvo en la ventana. Ese punto clave de la arquitectura de todos los tiempos. Puerta a la nada y a las bugambilias.

Veintinueve

Pasó horas bebiendo whisky y saltando de un tema a otro. ¿Por qué esa chica tan hermosa entró por la ventana del baño? No tenía ganas de orinar, ¿querría asaltar la casa? La única arma que portaba era su cuerpo. Pateó los huevos de Uriarte. Y Bringas no quería saber nada de ella, según contó. Lo que sí, se robó al dueño, pinche viejo cabrón, qué suerte tienen los que no se bañan. ¿Y el comandante? ¿Qué pasó con él? ¿Estará cocinando algo exquisito? Hace siglos que no sé qué onda, ojalá esté en un lugar seguro; sobre todo por su señora, que no tiene vela en este entierro. Cuando todo vuelva a la normalidad le voy a pedir a Samantha que le mande unos kilos de carne de primera para que se entretenga creando platillos ricos. De verdad, qué gusto que mi hijo haya resuelto su caso; imaginen, recuperó un cuadro de Diego Rivera de cincuenta millones de dólares; es chingón el morro, no digan que no. ¿Qué hago? ¿Sigo aquí hasta que a la capiza se le hinchen los ovarios? ¿Lo que me ha pasado hasta ahora es pura pinche mala suerte? Y buena también, porque me he salvado tres veces de que me den piso. ¿Cómo estarán Robles y el Gori, seguirán en mi casa? ¿Y Terminator y el Camello? Que no se me pase preguntarle a Gris por ese par de cabrones. Tal vez Samantha tenga razón y lo que más me conviene es esperar; pero ¿a qué, si esto está que arde? Ella me debe varias respuestas. ¿Por qué lo conoce tan bien? Hay manera de tratar con exmilitares, lo sé, ¿pero si son narcos y son tan pinche despiadados? Lo único que me han mostrado hasta el momento es que son unos hijos de la chingada, que no tienen lado y que van con todo. Los de la letra eran militares y cuando dejaron de serlo se volvieron demonios sanguinarios depredadores. ¿Salcido pertenece a ese grupo? No que yo sepa, ésos se desarrollaron en otra parte y eran enemigos de los de acá.

¿Por qué Samantha se niega a que me reúna con el ruco? ¿Realmente es necesario que no salga? Pinche vieja, tiene el control total; aunque no puedo negar que me protege. Desde luego que no me gusta que siempre esté de pinche entrometida. ¿Qué papel juego en este rollo? La verdad, no entiendo ni madres, hay muchas cosas que no alcanzo a percibir. Tengo que pensar más en Salcido, y si Manrique pudo torcerlo, ¿por qué yo no? ¿Qué error cometió esa vez que se le puso de pechito? Quizá ese policía era más cabrón que yo. Gulp. Pero no tenía amigos.

La tele encendida proyectaba una película de Jack Nicholson a la que nunca prestó atención. Sólo se fijó en que el personaje estaba en un hospital y que salía con una bata de enfermo que no le cubría las nalgas.

Entró el Diablo Urquídez.

Mi Zurdo, el Chóper quiere saludarlo, dice que tiene buenos recuerdos de usted.

Que entre el bato.

Usted debe ubicarlo muy bien, es un cabrón tan efectivo que cuando está disparando su cuerno haga de cuenta que el que jala el gatillo es el mismo señor mío Jesucristo.

Sonrieron. Mendieta movió la cabeza.

Será un gusto saludarlo, y sí, es un cabrón que tiene mano santa, y hace rato lo demostró.

Ese güey nació para disparar.

Un minuto después entró el sicario. Cara de niño, delgado, fino, relajado.

Cómo está, mi Zurdo.

Como huesito y con vida gracias a tu buena puntería.

Iban tendidos sobre ustedes y no nos tomaron en cuenta; eso ayudó a que se pusieran a modo.

Pues yo sufrí de a madres, pinche Chóper, cuando se retrasaron pensé que nos habían dejado morir solos.

Cómo cree, mi Diablo, no olvide que yerba mala nunca muere. Desde que salimos del hospital ustedes se adelantaron; cuando wachamos el bolu-do pensamos que era buena idea, para que creyeran que no éramos compas. Eso nos dio ventaja.

Seguramente usaron binoculares, nos ubicaron desde la salida y fueron sobre nosotros.

O alguien esperaba afuera del hospital y les dio el pitazo.

Es posible, pero bueno, el caso es que salimos de ésa. Ahora ahí les va una noticia: viene la Hiena Wong.

Órale, ¿y eso?

Conoce muy bien a Salcido.

¿Quieres decir que el cártel del Pacífico le va a atorar?

Todo indica que es lo más seguro. De momento, lo único que me pidieron que les comunicara fue eso: tenemos visita grande.

Ándese paseando.

A mí díganme a quién bajo y ya está; con eso me conformo.

La señora cree que puede ayudarnos en esta bronca.

¿Ustedes saben algo de Sebastián Salcido, alias el Siciliano?

Nada, salvo que es un hijo de su puta madre.

Somos jóvenes, mi Zurdo, y, al menos yo, no tengo ningún interés en la historia del narco.

Entonces hay que decir salud.

Mendieta les sirvió a los jóvenes y bebieron de un jalón.

Hagan de cuenta que estoy en la gloria. ¿Cuando quiere echar un trago a dónde va, mi Zurdo?

El Quijote es mi territorio favorito.

Es un lugar bien prendido, fui varias veces allí y hasta las tortas saben de poca madre.

Nunca he sido tomador, así que no conozco ese ambiente.

Señaló el Chóper.

Y ahora que hay tanta vida nocturna, ¿qué lugar prefieres, mi Diablo?

Ninguno, tenemos prohibido visitar antros; la jefa no quiere que andemos echando desmadre por ahí y la neta ya nos acostumbramos.

Órale, quién lo diría; jamás imaginé que tuvieran esas restricciones.

Urquídez alzó los hombros en señal de que no les importaba.

Una onda: ¿hay alguna posibilidad de que la gente del Pargo Manjarrez diera el pitazo?

No creo, esa raza es harina de otro costal.

Ok.

Mi Zurdo, duerma un rato, porque si durante el día hay baile se sentirá mejor descansado; al menos que quiera un pericazo.

Buena idea, pero ya estoy viejo para esos trotes.

Usted sabe lo que se pierde.

Hizo un gesto de que ni modo.

Gracias, Chóper.

De nada, mi Zurdo.

Sonrieron.

Diablo, ¿los expertos que tenemos aquí podrían conseguirme una rolita de los Beatles?

No sé, les pregunto.

Yo se la consigo, mi Zurdo, ¿cuál quiere?

"She Came In Through the Bathroom Window".

¿Seguro, mi Chóper?

Con esas cosas no hay bronca, mi Diablo, igual consultemos a los que saben; aquí mi Zurdo quiere la rola de la chica que entra por la ventana de un baño protegida por una cuchara de plata.

Esa mera.

Qué pinche idea tan loca, ¿qué clase de cuchara era ésa?

Parece que algo tiene de real, una muchacha se coló en la casa de Paul McCartney por la ventana del baño y la torcieron; la morra confesó que era su fan y que sólo quería ver cómo vivía; al beatle le simpatizó y de allí nació la rola.

Órale.

Puras pinches loqueras.

Te la encargo, mi Chóper.

Duerma, mi Zurdo, ya pasan de las tres de la mañana.

Hagan lo mismo, nos vemos cuando amanezca.

Los muchachos abandonaron la habitación, que era igual que la anterior. Mendieta advirtió que no estaba la misma película, pero ni siquiera miró una escena. Protegida por una cuchara de plata, qué pedo con eso. Se recostó vestido, sólo se quitó las botas Toscana, que estaban llenas de tierra, y se concentró: A ver, Salcido mandó matar a Manrique, creo que eso está muy claro, ¿por qué? Por venganza. ¿Por qué amenazó a Briseño? ¿Cortina de humo? ¿Broncas con las policías del mundo? Puede ser y de paso me llevó entre las patas. ¿Tendrá qué ver con la pelirroja? Dios mío, eres grande, pero no tanto. El asunto es que nos echamos a los dos que iban por nosotros; y no querían al Gori, que tiene su historia: yo era su objetivo. Después vino lo del agente, lo de mi casa y lo de hace rato. Puta madre, creo que sí me quiere muerto y enterrado el Siciliano. ¿Qué significa la presencia de la Hiena Wong? Cuando amanezca voy a pedir que me comuniquen con Samantha.

Se quedó dormido.

Treinta

Favela despertó en la madrugada, orinó en la bolsa que tenía conectada y se quedó con los ojos abiertos. Alejandro se levantó del reposet en que había dormitado, se desperezó y saludó a su progenitor.

Buenos días, papá.

Hola, hijo.

Expresó el viejo como si regresara de un largo viaje.

Álex revisó rápidamente los niveles en los monitores que el señor tenía conectados.

Mendieta quiere que le cuentes más de tu chica, si además del tequila blanco y la cerveza oscura usaba drogas y eso.

El viejo sonrió levemente. Le agradó eso de "tu chica". Por un instante tuvo un sentimiento superior al dolor que lo atenazaba. Un dolor que partía sus días entre los deseos de morir y los de ver a la pelirroja.

El amor acaba con la vida privada, te enamoras y es casi seguro que cuentas verdades, mentiras y hasta las más insignificantes desdichas que te han atenazado.

Afirmó con voz quebrada y cerró los ojos. Álex observó al hombre que había perdido una cuarta parte de su peso. Era su padre, el que pensaba de dos maneras y también vivía dos vidas. Sintió que era admirable.

¿Por qué ella nunca me contaría nada? Jamás pensé que sería tan importante y que querría verla en esta circunstancia.

Había dormido seis horas y se sentía animoso. El silencio era profundo, aunque de cuando en cuando se interrumpía por los pasos de los médicos o de las enfermeras que recorrían las habitaciones.

¿Cuántas veces te enamoraste así, papá?

El viejo se volvió a su hijo. Ojos opacos. Rostro ajado. Dos días sin afeitar. La habitación era igual a la de cualquier hospital del mundo. Iluminación tenue.

Sólo ésa.

Desde luego que no iba a preguntar por qué se había casado con su madre. Ella presumía que lo pescó un día de lluvia en que lucía un vestido de algodón entallado y él miró su mojado cuerpo más de la cuenta. Ni dudas de que el señor Favela amaba la belleza femenina.

Engelbert Humperdinck dice que "love is a many-splendored thing".

El amor es una cosa esplendorosa, estoy de acuerdo.

El viejo se quedó quieto, acariciando ciertos ardientes recuerdos.

¿Crees que Matilde supo su nombre y para evitarte un mal momento te lo ocultó?

Sería incapaz, era mi cómplice; muchas veces se lo preguntó y, así como a mí, jamás se lo dijo. La convencía con su sonrisa. Las veces que me visitó le llevó flores o dulces.

Una vez la vi.

El viejo pensó un poco.

Es verdad, lo recuerdo, querías ir a California, algo así, y fuiste por dinero.

Me alegra que lo tengas presente. ¿Siempre que quería verte iba a tu oficina?

Fue unas cuatro veces, las demás llamó por teléfono. ¿Te acuerdas de Meléndrez?

Aquel empresario con el que tuviste problemas y que murió de un infarto.

Ella decía que era su secretaria, que el señor deseaba hablar conmigo para limar asperezas. A Matilde le divertía porque no la engañaba.

¿Se enteró de su situación?

Cuando entró a la casa pensé que era su enviada.

Alejandro sonrió, imaginó el cuadro en el que su padre interrogaba a la chica.

¿Nunca le llamaste?

Jamás supe su dirección ni su número telefónico, ni siquiera su nombre o quiénes eran sus padres. Ella empezó la fiesta y ella la terminó.

Álex sonrió ligeramente. Contempló el rostro pálido del enfermo, que cerró los ojos, observó nuevamente los instrumentos con que vigilaban sus reacciones vitales y decidió callar. Sólo expresó:

En cuanto sea una hora prudente voy a llamar al detective. Lo invitaré a desayunar y le pediré que acelere su trabajo. Casi amanece.

El viejo afirmó con la cabeza.

Te lo voy a agradecer, hijo.

En ese momento llegó la enfermera de turno y, como suele ocurrir, se apoderó de la escena.

Treinta y uno

Alrededor de las once de la mañana entró la Hiena Wong en la casa de seguridad. Para evitar que lo ubicaran, acordó con Max Garcés que nadie lo recogiera en el aeropuerto; tomó un taxi que lo llevó a los Multicinemas; allí subió a otro que lo dejó cerca de la casa, a la que llegó caminando. Tranquilo, no detectó moros en la costa. Vestía jeans, camisa negra, una chamarra de cuero desgastada y botas de medio uso. Su mirada era la de siempre: la de una fiera al acecho y se teñía el pelo de negro.

Durante cincuenta minutos se encerró con Max Garcés; uno bebió té negro y el otro café; luego llamaron a la capiza para exponerle el plan que habían diseñado. Samantha escuchó atenta a Max, hizo un par de observaciones y pidió hablar con el jefe del cártel en Mexicali. Espero que estés con buena salud, amigo Wong, ¿cómo va todo por tu tierra? En el negocio, al tiro, bien aceitado, donde es un desmadre es en la política, traen un lío de los mil demonios. Algo he leído, pero nosotros como siempre, estamos con el bueno. Eso que ni qué, aunque no siempre el bueno sea el mejor, ¿y tú cómo andas, jefa? Estoy preocupada, el cabrón de Sebastián Salcido se está pasando de lanza y no se lo vamos a permitir; no podemos evitar que se vengue de quien le dé su regalada gana, pero el negocio es otra cosa; no sólo quiere parte de lo que él usufructuó en su tiempo, sino que ambiciona toda la franja fronteriza hasta Ciudad Juárez. Ándese paseando, ¿habló contigo? No, pero hace dos días me mandó un recado que me despertó el chamuco que llevo dentro; y te pedí que te sumaras porque la ruta que más le interesa es la de Mexicali. Se hizo una de esas pausas como cuando un rayo de luz cruza un cristal opaco. ¿Sólo por eso? Esperaba que me lo preguntaras, amigo, y me agrada que tu memoria esté intacta. ¿Y la tuya no, jefa? Si lo quieres saber, siento que me lleva la chingada. Ligero silencio. Pues aquí estoy, y con perdón tuyo, me la va a pelar si intenta cualquier cosa en mi territorio el hijo de la chingada; ese lugar es parte del cártel del Pacífico y mientras yo viva, de allí no lo mueve nadie. Quería escuchar eso. Pues ya lo dije y tú sabes por qué. En relación al detective Mendieta, o el Gato, como lo llamas tú, vamos a meterlo en la boca del lobo y esperemos poder sacarlo con vida, ya sabes que es buen compa mío. Lo sé y por nosotros no va a quedar. Está amenazado de muerte. Ya me dijo Max que la ha librado tres veces, tiene más vidas que un gato ese cabrón. Sí, pero no hay que dejarlo solo; contra Salcido debemos ir con todo pero con tiento, acuérdate que las cosas que no se olvidan no son negociables; además, ya no estamos en tiempos de mi padre, en que todo era más tranquilo; por cierto, no dejen que el Zurdo Mendieta se meta mucho en un asunto que está investigando, tengo la impresión de que lo desconcentra. Algo me comentó Max, y no te preocupes, ya veremos qué hacer. Bien, hay que sorprender a ese cabrón y manténganme informada. Cortó.

Max y la Hiena se quedaron mirando, ambos con gestos dubitativos. Sorprenderlo, claro, ¿pero cómo? Hicieron traer a Mendieta que acusaba los efectos de la cruda. ¿Qué onda? Garcés fue al grano. Zurdo, estás tan pinche crudo que espero que entiendas lo que te vamos a decir. El detective observó a los dos, los saludó de mano y se sentó. ¿Cómo está, señor Wong? Bien, mi Gato, al menos mejor que tú. El Zurdo sonrió. En este momento todos están mejor que yo, como seguro me trajeron para algún pedo, sepan que si saben contar no cuenten conmigo. Nos seas pinche negativo, Zurdo Mendieta, ni siquiera sabes de qué se trata y ya te estás rajando. El detective los miró sin verlos. Vamos a enfrentar a Sebastián Salcido y te corresponde una parte. Los ojos de Mendieta brillaron, se puso atento y esperó, estaba tan harto del encierro que nada podría ser peor. Vamos a buscarte una entrevista con él. El Zurdo abrió la boca. Ah, cabrón, ¿están seguros? Porque no me parece una buena idea. Le vas a proponer un par de cosas de parte de la señora. ¿No es mejor que lo vea cualquiera de ustedes? No, la primera vez, queremos sondear qué tan fuerte está y para eso necesitamos de un negociador que no sea miembro del cártel. No me hagas reír, ¿quieren saber qué tan fuerte es? No mamen, ¿necesitan más pruebas? Mendieta sonrió. Tiene vehículos de tierra y aire, y un grupo de fanáticos dispuestos a morir por él, el otro día nos llevamos a

193

uno de sus hombres herido y se envenenó durante el camino a la jefatura. Eso no significa que sea lo máximo, Gato, esos pendejos que son capaces de envenenarse deben ser de su gente cercana, ¿sabes cuántos son? ¿Debería saberlo? Eres policía, ¿no? Y ustedes un cártel que al parecer lo conoce mejor que yo. Está bien, no nos hagamos bolas, aparte de vengarse de cierta gente, el bato tiene planes para apoderarse de algunas plazas y queremos saber cómo piensa lograrlo. Eso nos interesa. Pues llámenle por teléfono. Y nada mejor que un enviado ajeno al cártel. Pues apúntenme ahora mismo como miembro, lo prefiero a que me lleve la chingada. Déjate de pendejadas, Gato, el bato no te va a matar, con quien realmente tiene broncas es con nosotros, pero queremos evitar un baño de sangre, algo que, como te habrás dado cuenta, al señor, le encanta. ¿Tiene broncas con ustedes? Y bien gruesas, pero primero está cobrando facturas. El Zurdo lo pensó un momento. Es bueno escuchar eso, ¿y cómo piensan ubicarlo? De eso no te preocupes, hay una manera rápida de hallarlo y hacerle una propuesta, y es que él te encuentre a ti. Pero no puedo llegar con él y tratar cosas del cártel en frío. Claro que no, pero sí puedes hablar de la amenaza a tu jefe Briseño y la tuya propia. Y ya que estemos de acuerdo y nos demos un abrazo, le planteo lo de ustedes. ¡Brujo! Expresó la Hiena Wong sonriendo. Max Garcés sonrió también.

Hubo un silencio largo en el que el detective sopesó hasta su cruda. Realmente no entendía que aquello pudiera funcionar. No se concebía negociando con alguien como el Siciliano, un ex-militar asesino que lo deseaba muerto. Esperó un momento más y se volvió hacia los hombres, dos de los pilares más firmes del cártel del Pacífico, quizá los más rudos.

Ok, por dónde empezamos. Le vas a marcar a tu jefe de tu celular, los dos deben estar intervenidos, trata de que la conversación sea larga, esperamos despertarle la tentación de llamarte, a él o a alguien de su confianza. El Zurdo meditó un instante. Creo que es buena idea, pero muy aventurada; si les parece, utilicemos dos números que localizó nuestro experto en telecomunicación hace unos días; eran celulares de los dos que nos enfrentaron hace poco, uno de ellos, el suicida que les mencioné. ¿Tienes los números?

El Zurdo se puso de pie. ¿Qué es la vida sin riesgos? ¿Es posible que alguien sea feliz sólo repartiendo sonrisas? Se acordó de la pelirroja, de cómo había entrado por la ventana de un baño cualquiera y eso era un ejemplo para no temer a lo desconocido. Echó un vistazo a la cara de sus interlocutores. Está muy cabrón, de cualquier manera necesito pensarlo y hablar con Samantha Valdés. Los hombres se miraron. Max lo había previsto y de inmediato marcó a la jefa, de un teléfono diferente al anterior.

Bueno. ¿Qué pasó, Zurdo Mendieta? Veo que me estabas cuidando como a los cerdos, que los engordan y luego se los comen. O como a los guajolotes, agregó la capiza sonriendo. Como sea, no se me hace leal de tu parte. ¿Qué te pedí desde el primer día en que estás con nosotros? No sé, no recuerdo.

Te lo repetiré para que lo tengas muy claro, Zurdo Mendieta: no te comportes como un pendejo, eso te dije, ¿ya te acordaste? No sabía que dejarse llevar al matadero era cosa de genios. Mira, Zurdo Mendieta, en este negocio sólo los traicionados y los pazguatos mueren antes de tiempo, y estoy tratando de que no lo seas. Claro, y lo que se te ocurre es ponerme de carnada. Te dije que conocía bien a Salcido y sé que no te va a matar a la primera, es un labioso sin par y estará encantado de saber que le tienes miedo, allá tú si se lo demuestras. Está bien, pero quiero encontrar a esa mujer para que el viejo la vea y se muera tranquilo. Cómo chingas con eso, Zurdo Mendieta; pero bueno, está bien, te vamos a ayudar, pero antes vas a trabajar con los muchachos. Clic.

Pinche vieja, no tiene remedio y practica ese despiadado estilo de mandar. Sacó su celular y lo encendió. Ni hablar, estoy más jodido de lo que pensaba. Después se volvió a sus acompañantes, que respetaron el momento de reflexión. Justo en ese instante entró una llamada de Gris Toledo. ¡Corta! Max le arrebató el aparato y lo apagó. No usarás más este teléfono dentro de esta casa, si quieres llamar a la persona que te marcó usa otro, le pasó un aparato de última generación. Qué pedo, pinche Max, me asustaste. Usted siga las instrucciones, mi Gato, y todo va a salir machín. Mendieta observó a sus compinches. Está bien, pero no se pasen de la raya, ¿a qué hora nos vamos? En cuanto sepamos a dónde ir, ahora pasa los números de los que hablabas y llama a esa persona, ¿puedo saber quién es? La detective Gris Toledo. Márcale, luego vemos lo del comandante Briseño. ¿Tan pronto? Para que lo saludes, cabrón, todavía es tu jefe. Mejor dejemos que cocine tranquilo. Creo que deberíamos ubicarlo, podríamos necesitarlo, y de su seguridad no te preocupes, lo cuidaremos bien. Me consta que son excelentes niñeras.

Se acercó a la ventana, abrió un poco la cortina y le marcó a Gris.

Dime rápido, agente Toledo. En una de las fotos encontramos a dos muchachas que podrían ser; no es muy clara porque es en blanco y negro, tiene que verla. ¿Cómo se llaman? Es una foto de grupo y no pusieron nombres, ¿a qué hora y a dónde lo veo? Te llamo en un rato y te señalo el lugar; casi todas las fotos tienen un texto donde describen la reunión y quienes estuvieron presentes. Ésta no, y otra cosa: la viuda de Manrique se comunicó para informarme que Salcido la llamó y quiere verla. ¿En serio? Lo que oye, ¿qué hacemos? ¿Está aquí o en Badiraguato? Aquí, en su casa. Visítala ahora mismo y pídele que te preste su celular para registrar el número. Le aviso cuando lo tenga, ¿qué le aconsejo? Que acepte la cita y espera mi llamada en una hora para vernos; otra cosa: ¿qué hay del Camello y de Terminator? Se refugiaron en sus casas. Ah, míralos, cuidando el pellejo los cabrones. Están asustados, creo que es mejor dejarlos allí. Tienes razón, gracias; Gris, sólo llama a Terminator para ver si consiguió la ficha de Iván Ángel Rodríguez.

Cortó, lo que Max y la Hiena Wong vieron fue a un hombre diferente, digamos que se veía radiante.

Treinta y dos

El viejo le contó a su hijo que un día ella no llegó a la cita. Su voz parecía cruzar un mundo de telarañas.

La esperé como tres horas y nada.

Hizo una pausa.

Una permanencia de toda una vida, o al menos así me pareció.

Alejandro lo miró y sólo se le ocurrió preguntar:

¿Se veían en un lugar predeterminado?

En el motel San Luis, en la mejor habitación del quinto piso.

Se acomodó en la cama como para contemplar la ventana.

Al día siguiente Matilde la buscó por mar y tierra, y en ningún lado la encontró. Por la tarde volví al motel y comprendí que algo más serio que un accidente le había ocurrido.

Debes haberte sentido muy mal.

Como si me hubiera caído el mundo encima; tres meses antes me pidió que no practicara más la cacería y esa tarde pensaba enseñarle las ofertas que me habían llegado por mis armas.

¿Por eso dejaste de cazar?

No del todo; seguí visitando el campo, pero le perdí el gusto; por ejemplo, los días que acompañé al expresidente de Estados Unidos y conocí al detective Mendieta no disparé un solo tiro.

Se volvió a su hijo en un movimiento mecánico.

Es curioso, pero después empecé a sentirme viejo, inútil; perdí el interés por muchas cosas.

Debes haber sufrido bastante para mantener la distribuidora a flote.

Matilde jugó un papel importante, era muy esmerada y amaba la empresa; un año después murió Meléndrez y pudimos sostenernos hasta que nos jubilamos.

La vendiste.

Es verdad, pero primero te pregunté si querías encargarte y no te interesó. Tu hermana dijo que no quería saber nada de ese negocio maloliente y tú te convertiste en un empresario de alquiler de yates.

Lo recuerdo, te señalé que tenía otros planes y ya ves que no me ha ido mal.

Favela afirmó levemente.

Me alegro.

Afortunadamente ambos estamos bien, papá.

Por ese lado puedo irme tranquilo.

Álex le tomó la mano al viejo y se la apretó.

Si hubiera sabido antes de tu deseo de ver a esa chica, ya la tendrías aquí.

Hubo un momento de silencio en el que Ricardo Favela cerró los ojos.

¿Sabes, hijo? Sólo quise verla cuando asumí la certeza de que iba a morir pronto, no sé por qué; ahora que incluso tenemos un parte médico, regresaron esos deseos inexplicables de nuevo.

Alejandro observó el rostro reseco de su padre y no pensó en nada.

Verla por última vez, ¿tienes idea de lo que significa?

Mendieta la conseguirá, papá, ya verás, y te dejaremos solo con ella.

Álex sonrió y esperó que su padre hiciera lo mismo; pero Ricardo permaneció impasible. El suero goteaba lentamente.

Sin embargo, creo que ha sido en vano; ahora te pido de favor que llames al detective y le digas que lo cancele, que ya no tiene caso que me la traiga.

No me digas eso, papá, ¿qué pasó, perdiste la ilusión?

No, perdí la esperanza; siento lo mismo que cuando me convencí de que ya no la volvería a ver; algo que no sé definir y que tal vez ni siquiera tenga nombre, como ella.

Pero, papá, dice Mendieta que está muy cerca de llegar a tu chica, a esa linda pelirroja.

Es una orden, hijo, ya no quiero verla, no me importa; lo he pensado desde anoche y no le veo caso; paga al detective lo que le debemos y cierra el trato.

Alejandro observó al moribundo.

Papá…

No es nada, hijo, simplemente todo tiene un límite.

Hubo dos largos minutos de silencio. Álex se tocó sus profundas ojeras.

Pues si es tu deseo, no tengo nada que objetar.

Se quedaron quietos, mientras la luz de la mañana invadía la habitación y, como sucedía cotidianamente, el movimiento en el hospital se aceleraba y los saludos entre médicos y enfermeras llenaban los pasillos.

Treinta y tres

Mendieta se mantuvo un momento en la ventana antes de comentar que el Siciliano había dado señales de vida. Reflexionó: Es posible apreciar las fortalezas del más débil; por ejemplo, los recuerdos del señor Favela y su ardiente deseo de ver a esa muchacha; hasta nos dijo que los dejáramos solos; pero ¿qué se puede pensar de las debilidades del más fuerte? Sebastián Salcido quiere reunirse con la señora Davinia, ¿acaso es por la misma razón por la que Favela quiere tener un momento con la pelirroja? Puede ser, sin embargo, no sé por qué, pero no puedo reunir ambos casos, me resisto a ponerlos en la misma canasta; por siglos la belleza del cuerpo ha representado a la mujer, pero aquí pienso que estos tipos no las recuerdan de la misma manera. Max, ¿podrían traer café? El señalado salió y pidió al Diablo lo necesario. El Zurdo se volvió y compartió que Salcido fue pretendiente de la esposa de Manrique y que la había llamado para encontrarse; seguramente el cabrón quiere ofrecerle disculpas, o qué sé yo. Los hombres se miraron entre sí. Ya la hicimos, expresó Garcés con una leve sonrisa, pero la Hiena Wong le demandó calma con un gesto. ¿Qué propones, Gato? Primero, aunque los enamorados siempre caen en los mismos errores, como dice José Alfredo Jiménez, no creo que él se meta en la boca del lobo, por más que quiera ver a la señora Davinia; sin embargo, puede hacer que se la lleven a algún lugar seguro; entonces, propongo que continuemos con el plan de las llamadas, pero que le pongamos plantón a la casa de la señora para qué, si se aparece, lo apañamos, y si ella sale, le ponemos cola. La Hiena hizo un gesto afirmativo. También necesito que protejan a mi gente, sobre todo a la detective Gris Toledo que ahora está por llegar a la casa de la señora para platicar del asunto, supongo que de mujer a mujer, después será necesario que me reúna con ella: ustedes eligen el lugar, pero tiene que ser antes de movernos, quedé de llamarle más o menos en cuarenta y cinco minutos. Entró el Diablo Urquídez con dos tazas de café, una de té y dos tacos de machaca. Lléguele, mi Zurdo, no ha probado bocado en toda la mañana. Eres peor que Ger, mi Diablo. Son órdenes de ella, mi Zurdo, ya le dije. Sonrieron, Mendieta tomó el café y dio un sorbo. De nuevo quedaron los tres. El delicioso aroma de los tacos invadió el recinto. Supongo que ustedes ya desayunaron. Is barniz. Eso suena bien, Zurdo Mendieta, veamos qué resulta con tanta chingadera. Estoy de acuerdo, apoyó la Hiena Wong. Pero no te vamos a dejar solo; ahora come un poco, mi Gato, que lo que sigue podría ser de mucho meneo.

En el tiempo indicado, Garcés ordenó al Diablo que bloquearan la posibilidad de recibir señales de cualquier aparato electrónico. Tres minutos después Mendieta le marcó a Gris. Tardó un poco en responder.

Disculpe, jefe, estaba saliendo de con la señora Davinia y como tiene ese perro que le comenté es imposible pasar sin ponerle atención. ¿Cómo te fue? Acepta prestarnos su celular, pero se niega a reunirse con el tipo: lo odia. Si dijo que lo odia, un par de llamadas más y la convence, ¿no crees? Pienso lo mismo; por cierto, su hermano Francisco está con ella, me confió que teme por su hermana. Ese señor es medio oscuro, no sé por qué pero me da la impresión de que algo tiene que ver con el mundo malandro. Pues hasta ahora parece estar limpio. Lo dejaremos tranquilo por el momento, después ya veremos de qué pie cojea el cabrón. De acuerdo. Entonces nos encontramos en media hora en el café Miró, entras, me das el celular y la foto del periódico y te esfumas; si te van siguiendo se van a desconcertar, alguien podría entrar al café para ver a quién viste, lapso que aprovecharás para perderte; Robles y el Gori están en mi casa; si notas algo pídeles que te apoyen, pero no se vean allí, por si acaso la vigilan. Lo copio, jefe, 10-4.

Enseguida, el detective propuso a sus compañeros: Hacemos esto y le marco a quien responda de los números que les di. No me parece, Zurdo Mendieta, primero llamas a esos números o valemos madre; además dijiste que nosotros elegiríamos el lugar donde encontrarías a la detective Toledo. No te pongas erizo, pinche Max, aquí el detective soy yo, el que va a arriesgar el pellejo soy yo, el que puede valer madre soy yo; así que no la hagas de pedo y adelante con lo que les pido: vamos al Miró; ¿es posible estar allí en media hora? Está en la Chapule, al lado del jardín Botánico. ¿Por qué no? Bien, me bajas en el banco que está enfrente y voy a llegar caminando, me esperan más allá de un café que acaban de inaugurar, no recuerdo el nombre. ¿Cuánto tardarás? Dos minutos después de que se vaya la detective Toledo. ¿Crees que te dejarán ir vivo si te wachan, antes de que logremos un acuerdo con el Siciliano? Samantha dice que de momento no me darán cran. ¿Y si entramos contigo? Es lo que te digo, cuando te empeñas en ser mi niñera te ves de la chingada, pinche Max. Está bien, Gato, entra solo, resuelve esa madre de volada y le damos a lo nuestro; pero vamos a estar ojo avizor por si hay pedo. ¿Traes tu fierro? Is barniz. Esa pistola está bien gacha, Zurdo Mendieta, te voy a regalar una de verdad. No es necesario, ésta me gusta. Arre entonces. Con la bendición de Malverde. Y de San Judas Tadeo.

El día era luminoso, como todos los de noviembre antes del cambio climático.

Veintiséis minutos después le quitaron la capucha y cruzó la calle rumbo al café de sus amores. Entró, saludó a Rudy, quien le contó que tenía un hermano enfermo.

¿Y cómo ves?

Un poco difícil, sin embargo, debemos esperar el efecto de los medicamentos y no perder la esperanza.

Bien pensado. ¿Y Bety?

Está por llegar del hospital. ¿Quieres tomar algo?

Un americano con doble carga y un *scone* de arándanos.

Ok, te los mando a tu mesa, que por suerte está desocupada.

Sale, y que se mejore tu carnal.

Se instaló en la esquina donde se sentía protegido. Había empezado a comer cuando entró Gris Toledo, tranquila, segura de sí misma; vestía una falda amplia color liebre de marzo y blusa blanca; se sentó frente a su jefe. La mesa favorita del Zurdo estaba en el último rincón, a unos metros de un piano que nadie tocaba y con tres sillas.

¿Gustas algo?

La detective colocó un sobre manila tamaño carta frente a Mendieta.

Mejor no.

Tú te lo pierdes, aquí todo es riquísimo.

Lo sé, pero como estoy amamantando debo cuidar lo que como. ¿No va a abrir el sobre ahora? Me gustaría saber qué ve usted.

Ok.

El Zurdo abrió el sobre y sacó la impresión de la foto del periódico, ampliada. Adentro quedó el celular de la señora Davinia.

Encerramos en un círculo al par de jóvenes que podrían ser la pelirroja.

El detective observó unos segundos y dejó caer el panecillo que tenía en una mano. Semblante alterado.

¿Se siente bien?

No respondió y se clavó en la impresión.

Jefe, se puso pálido, qué onda, ¿reconoció a la pelirroja?

Nada, Gris, y tienes razón, una de ellas se parece muchísimo a Milla Jovovich, ¿me enseñas la foto que te envié? De momento no puedo abrir mi celular.

Gris le mostró la efigie de la ucraniana y Mendieta afirmó.

Casi idénticas, gracias agente Toledo, puedes irte.

Pero, ¿de verdad se siente bien? Porque sigue pálido.

No te preocupes, en cuanto salgamos de ésta visitaré al doctor Parra, él me dirá qué hacer; ahora piérdete, ten cuidado al salir. ¿Te acompañaron Robles y el Gori?

No fue necesario.

Entonces por favor llámales, que sigan confinados hasta que yo les indique otra cosa.

Bien, en cuanto a Terminator, me dijo que su contacto no encontró nada en los archivos que maneja.

Ni hablar, nos vemos luego, agente Toledo.

Jefe, ¿realmente está tan duro todo?

Sebastián Salcido es muy poderoso, Gris, un tipo cruel, sanguinario y rencoroso, por eso debemos andar con cuidado, así que por favor piérdete ahora mismo, pero mantén tu celular encendido por si te marco.

Estaré pendiente, y en cuanto saquen la información del teléfono de la señora que le dejé en el sobre me lo regresa, tengo que devolverlo.

Te llamo en un rato.

¿Seguro que se siente bien? Porque sigue descolorido.

No te preocupes, ya se me pasará.

Mendieta continuaba impactado por la foto, cuando la detective se retiró puso atención a Charles Aznavour, que cantaba "Yesterday When I Was Young", y aunque la canción le traía recuerdos inquietantes, trató de tranquilizarse.

Además, pinche vida, la ayuda para localizar a la pelirroja estaba al alcance de su mano.

Contempló el trozo de *scone* sobre la mesa y la taza de café a la mitad, la fotografía con nueve chicas sin nombre y decidió tomarlo con calma. Tranquilo, bato, eres la gota que no cae, la que logró vencer a la impaciencia y a su gemela, la modernidad. Encendió su celular. Copió rápidamente el número de Alejandro Favela, lo apagó y buscó a su amigo en un local lleno de señoras bebiendo capuchinos y comiendo bocadillos dietéticos.

Un paro, Rudy, ¿me prestas tu celu? Me quedé sin carga.

Típico, Zurdo; por supuesto.

Márcame este número, porfa.

Se lo dictó y tomó el aparato, un iPhone nuevo.

Álex contestó al segundo timbrazo.

Qué tal, Álex, cómo están tus yates. Buenas tardes, Edgar; bien, es un negocio que, si hay turistas americanos, sobrevive por sí mismo; oye, si no ha sido posible desayunar, también podríamos comer, o cenar si te apetece; supongo que los detectives también comen. Algunos, Álex, y en mi caso comer no es algo que me seduzca. Pero te mantienes fuerte, eso se nota. Deben ser otras cosas que ingiero; quizás el whisky debería ser parte de la canasta básica, ¿no crees? A un presidente anterior le hubiera encantado tu idea, al actual no sé, se ve bastante fresa el bato; y qué onda, ¿cómo vamos con el asunto de la pelirroja? Alejandro Favela resolvió no seguir las instrucciones de su padre: pedirle al Zurdo que cancelara la búsqueda. Esta mañana descubrimos un valioso indicio que creo nos llevará por el buen camino. Excelente noticia, el viejo se va a alegrar muchísimo. En este trabajo nunca estamos seguros de nada, Álex, es lo que lo hace interesante y menos comprensible, habitamos un mundo de suposiciones que a la mayoría le parecen puras pendejadas; seguro has escuchado críticas a la policía, siempre dicen que no investigamos y que no servimos para nada; ¿cómo está tu papá? Creo que se está acercando al final; anoche incluso recordó algunos detalles íntimos que la verdad me dejaron con la boca abierta, hasta sentí envidia. ¿En serio? Era una mujer tremenda y su relación era a tope. Qué suerte la de tu padre, ¿no? Extraordinaria, diría yo, y sobre todo por la manera en que se conocieron, imagínate: entró por la ventana del baño. Aparte de tu papá, el que debe recordar muy bien un baño de esos es Paul McCartney. Sí, creo que hasta compuso una canción; bueno Edgar, tengo que cortar, están llegando mi hermana y mi cuñado y ella trae mala cara; ojalá y esa pista te lleve a la chica y la localices a tiempo. Te mantendré informado; a propósito, hazme un favor: consígueme el nombre y la dirección de la muchacha que hacía más guateques en tu barrio, quizás ella recuerde a una pelirroja bonita y malhablada. Me la pones fácil, la mayoría de las fiestas eran en la casa de la señora

Minerva Martínez, una persona increíblemente agradable, lo mismo que sus hijas, y todavía vive en la Chapule, no recuerdo el nombre de la calle ni el número, pero te puedo llevar. De acuerdo. Mi hermana podría saber el domicilio, y esperemos que esté en Culiacán, porque viaja mucho; al parecer es una de sus pasiones. Bien, entre más pronto la tengas mejor. Te llamo en una hora. ¿Fuiste a alguna de esas reuniones? Nunca, mis amigos y yo nos movíamos por otros lugares, traíamos otras cosas en la cabeza. ¿Entonces me harías el favor de preguntarle a la señora Minerva si recuerda a la pelirroja? Luego me pasas su dirección. Con mucho gusto.

Cortaron.

Mendieta se quedó quieto diez segundos y fue al baño. Así que cuando entró se sentía protegida por una cuchara de plata, pinche vieja loca, a lo mejor era una contorsionista que trabajaba en algún circo y se quedó en la ciudad hasta que regresaron por ella como volvieron por ET, ¿se acuerdan? Debía buscar al Chóper Tarriba, quizá ya tenía la canción, tenía que escucharla completa. Dejó un billete sobre la mesa y devolvió el celular a su dueño.

Rudy, hay una rolita de los Beatles, "She Came In Through the Bathrom Window", que quisiera escuchar, ¿la tienes?

No creo, la mayoría de la música que elegimos es jazz o blues; no tenemos nada de ellos.

Para eso me gustabas, cabrón; bueno por ahí nos wachamos.

¿Conoces la que está sonando?

El Zurdo puso atención, ya no era Charles Aznavour.

He oído la rola pero no sé el nombre; sin embargo, ese requinto debe ser el de Eric Clapton.

Exactamente, Clapton con los Rolling Stones tocando "Little Red Rooster".

Órale, el gallito colorado, se escucha machín; okey me saludas a tu mujer.

Se despidieron contentos. Reflexionó: Me pasé unos minutos, pero no le hace, que aguanten los batos; no obstante, no pudo ir más allá de ese punto, porque justo al trasponer la puerta un hombre alto y fornido, con un brazo vendado y vestido de negro, lo recibió con una sonrisa y el cañón de un fusil AK-47 en el pecho. Aquí no ha pasado nada, que siga la fiesta, especuló el detective. Éste era un gato con los pies de trapo y los ojos al revés, ¿quieres que te lo cuente otra vez?

Treinta y cuatro

Cualquier movimiento y te chingas, pinche detective lamebolas.

Mendieta se clavó en los ojos del tipo. Negros. Y supo que no dudaría en cumplir su amenaza.

Tú debes ser el Cuerno Iván.

Y también el que te va a dar en tu puta madre.

Si lo haces como servías la cerveza y el pollo frito en El Guayabo, ya la hicimos; me contaron que eras el mejor.

Chinga a tu madre.

Expresó y le apuntó a la cara.

A unos metros de la puerta del Miró permanecía una Hummer negra, de cristales oscuros, estacionada en doble fila, con las puertas abiertas y dos compas apuntando con AK-47 al detective. Uno en el asiento del copiloto y otro en el de atrás. Bonito par. El Zurdo sabía que la única salvación ante un cuerno a unos centímetros de los ojos era la de Dios y no estaba seguro de si funcionaría en este caso. Entonces se escuchó la voz pandillera del Diablo Urquídez, su gran amigo, que antes de ser narco había sido policía de Narcóticos y fueron compañeros hasta que eligió el camino que transitaba en ese momento.

Deja a mi compa o vas a valer verga, Cuerno Iván, pinche puto; tú y los pendejos que te respaldan.

El pistolero dudó, observó con el rabillo del ojo que el Diablo lo tenía en la mira con una arma similar, y a su lado se hallaba un bato con una bazuca que no le dio muy buena espina. Recordó el helicóptero derribado cerca del hospital Ángeles y no avanzó más porque el cabrón del detective le arrebató el fusil y se lo puso en el pecho.

Alza las manos, pendejo.

Los tipos del vehículo apuntaban sin saber qué hacer.

El Diablo se acercó sigiloso, atento a lo que pudiera surgir de la Hummer.

Fierros al piso, pinches mapaches, y salgan con las manos en alto.

Los tipos permanecieron inmóviles, como si no hubieran escuchado; lo que exasperó a Urquídez.

¿Qué no me oyeron, pendejos?

Obedecieron mecánicamente. Una señora trató de salir del café, pero el Rudy la regresó sin la menor delicadeza.

Mendieta observó que Max y la Hiena se habían aproximado y tenían sus armas en las manos, aunque continuaban al otro lado de la calle. Se oía el ruido de una mosca. El Zurdo decidió ahorrar tiempo.

Cuerno Iván, arrodíllate, toma tu celular y sin hacerte el vivo comunícate con Sebastián Salcido.

No tengo nada que decirle.

Lo sé, pendejo, pero yo sí.

En ese momento un zumbido rajó el aire y la Hummer se sacudió por el bazucazo que rompió el parabrisas y el asiento del copiloto.

El Zurdo hundió el cañón del fusil en el pecho del Cuerno y le gritó:

Quédate quieto, pendejo.

Algunos cristales hirieron a los sicarios que estaban junto al vehículo. El tráfico se detuvo, el banco y otros negocios bajaron sus cortinas de inmediato, los que pudieron salieron huyendo de la zona.

El Chóper se acercó con un gesto travieso.

Perdón, esta cosa es muy sensible.

El ruido los había afectado y no escucharon bien, pero comprendieron perfectamente la ironía de su rostro.

El Diablo hizo señas a los sicarios, que sangraban de la cara, de que se acostaran en el piso y recogió las armas. En cuanto el Zurdo pudo oír:

Vamos, cabrón, haz la llamada.

Mendieta golpeó fuerte a Iván en el cuello con la punta del rifle.

El tipo lo miró con fiereza, de mala gana realizó la operación y le pasó el aparato al detective. Pronto hubo respuesta.

Sebastián Salcido, habla el detective Mendieta. ¿En serio? No sabía que fueras tan amigo de Iván.

Se oyó la voz quebrada que el Zurdo no había olvidado.

No sabes cuánto, hasta hicimos juntos la primera comunión. Seguro, y si lo convenciste de que te comunicara significa que te gustaría charlar conmigo. Significa que ya le desmadramos su Hummer, que sus hombres son unos pendejos y, sí, me agradaría tratar un par de puntos contigo. Eres valiente, detective. El desmadre que traen nos tiene inquietos, Salcido, sobre todo tus amenazas y sé que no eres tonto.

Ligero silencio en el que Mendieta señaló al Diablo que se encargara también del Cuerno Iván.

Nada tengo que dialogar contigo, detective Mendieta, salvo decirte, y que te quede bien claro, que vas a morir. Eso no tiene remedio, Siciliano, y la verdad has estado a punto de lograrlo, pero no es algo que quiera discutir contigo en este momento, pinche carcamal lamepitos. No soy ningún carcamal, policía de mierda, soy un hombre fuerte, no olvides que soy militar. Aunque tengas formación, no eres militar, Salcido, te echaron del Ejército, te mandaron a chingar a tu puta madre por pinche delincuente culero. Estás pendejo, detective lamebolas, ¿acaso piensas que todos los militares son honrados? Pues fíjate que no, allí hay muchos cabrones que son peores que yo, aunque nadie los haya tocado; sobre todo los que me encerraron por veinte años. Son más chingones que tú, pinche viejo decrépito, cara de ganso con gonorrea. Tu puta madre es un ganso con gonorrea, pendejo, y van a morir todos, empezando por el Gori Hortigosa, que se me ha escapado dos veces, después Briseño que es un idiota incompetente y terminaré contigo, para que aprendas a no meterte con Sansón a las patadas. A mí me la pelas, pinche criminal de mierda, y si no quieres hablar conmigo, puedes irte mucho a chingar a tu puta madre. Luego recoges los cadáveres de estos pendejos en la puerta de tu casa, carcamal. Ya dos están en el infierno, sólo queda el Cuerno Iván. Tú y yo no tenemos nada que tratar, policía lamebolas. Por supuesto que tenemos tema, para empezar, dime cómo está tu puta madre, pinche viejo culo ancho. Está mejor que la tuya, cabrón pendejo y fracasado.

Mendieta calló, los sicarios de ambos lados lo observaban un poco sorprendidos. Max y la Hiena continuaban guardando la distancia, vigilando a ambos lado de la calle.

¿Te cagaste, verdad pendejo? Así te metas en el culo del mundo, vamos a ir por ti. De ésta no saldrás vivo, aunque sea lo último que haga. Me la pelas.

Alcanzó a decir antes de que Salcido cortara.

Permaneció pensando un momento en el que nada se movía. El café, como si estuviera cerrado. Sólo la respiración agitada de los implicados se escuchaba. Notó que a los dos que yacían en el piso les escurría saliva por la boca.

Cuerno Iván, tienes tres opciones: te pongo en manos del cártel del Pacífico donde te van a coger a ti y a tu mujer, una buena persona que ya conocimos; te envenenas como estos pobres pendejos, o nos echas una mano para mandar a tu jefe a prisión por el resto de su vida.

No hago trato con ningún vale verga como tú, detective lamebolas.

El Diablo no resistió, sacó su pistola y le sorrajó un tiro en el muslo izquierdo. El hombre hizo un gesto de dolor, pero no abrió la boca.

Mátame si quieres, cabrón, al cabo ya valí verga.

No es mala idea, pero uno nunca sabe; tal vez querías hacerle un favor a la humanidad colaborando para encarcelar a un bato, que la neta está más loco que una pinche cabra y podría poner patas p'arriba a la ciudad.

Eres pendejo, detective, al jefe jamás lo agarrarás vivo.

El tipo continuaba hincado, con el muslo sangrando.

Muerto también me sirve, y tú podrías largarte con tu esposa a vivir en otra ciudad, visitar a tus hijos en el otro lado y ser un abuelo feliz.

No sabes con quién hablas, cabrón; esperé veinte años para que Sebastián Salcido saliera de prisión y no lo voy a traicionar.

Entonces te importa madre tu familia.

Si quieres verlo así.

Mendieta no sabía qué pensar, el Cuerno Iván había cerrado todos los caminos y él no tenía tiempo para ser paciente.

Mi Zurdo, esta madre ya estuvo, los jefes me hacen señas de que le corte; nos chingamos al compa aquí o lo levantamos.

Dale cran.

Urquídez eligió el AK-47. El Cuerno Iván bajó la cabeza. Cuando iba a rociarlo de plomo, Mendieta lo detuvo.

Espera, mejor le damos un paseo. Llévenselo con ustedes. Iván, ¿qué te pasó en el brazo?

El pistolero tardó en responder.

Me lo perforó un policía muerto.

Manrique, claro.

Expresó el Zurdo y caminó hasta donde lo esperaban. Cuando subió al auto, vio que Daniel Quiroz se acercaba corriendo por la acera del jardín botánico. Un poco pasado de peso, sudaba copiosamente. El carro tomó rumbo a la isla Musala. Les contó rápidamente la conversación telefónica.

La cagaste, Zurdo Mendieta; echaste a perder cualquier posibilidad de negociar con él.

Ese Salcido es un hijo de la chingada y lo único que me interesa es ponerlo en la bartola; así que si necesitan algo del güey, les toca a ustedes poner sus lindos traseros a su alcance.

El detective prendió su celular.

No deberías encender esa madre, es peligroso.

No puede ser más, al bato le vale madre y, como bien dijiste, lo que quiere es sangre; ahora, mientras hago esta llamada, piensen si llaman a Samantha Valdés ahora, o más tarde.

Le marcó a Jason, tenía que hablar con Susana antes de que la bronca creciera. Esperó, volvió a marcar, pero nadie respondió. Pinche plebe, debe andar en el rol, y en Los Ángeles debe ser espectacular.

Mientras circulaban por el boulevard El Dorado, analizó su comportamiento en el evento que acababa de ocurrir. Qué cabrón estuvo, y luego el Chóper, que no pudo controlar su ansiedad. Al final creo que eso sirvió para que esos cabrones comprendieran que tampoco nos tentamos el corazón a la hora de los chingadazos. Hijos de su pinche madre. Dejó pasar unos minutos. Tengo que enfriarme, así no funciona nadie, ni siquiera los boxeadores. *Ponte trucha, pinche mapache, tienes que calmarte*, murmuró el cuerpo. *Así pareces un pobre pendejo.* No respondió, transcurrió un rato y puso atención a sus compañeros, que no le habían encasquetado la capucha; se sintió sosegado, dueño de sí mismo, y les comentó:

Amigos, tengo una idea, quiero ver si concuerda con las suyas, antes de que le llamen a Samantha.

Treinta y cinco

Se escuchó el Séptimo de caballería. Era Alejandro Favela.

Hola, Edgar, ¿cómo estás? Como huesito, ¿qué tienes de nuevo? Hablé por teléfono con la señora Minerva, por cierto, olvidé decirte que es colaboradora del periódico *Noroeste*, su columna de sociales es la más leída. Supongo que sí, le voy a mandar a un amigo periodista, Daniel Quiroz, para que le dé clases, ¿qué te dijo de la pelirroja? Nada, no la recuerda; me contó que a esas fiestas asistía la mayoría de las chicas de la ciudad, todas de buenas familias, claro, y que algunas se pintaban el pelo de rojo, pero no recuerda a una chica que se distinguiera del resto por su belleza o por su lenguaje. Le creo, las culichis son tan lindas que es difícil elegir a la más guapa, hasta Milla Jovovich es de aquí. ¿Tú crees? Claro, ¿de dónde más?

Circulaban rumbo a la casa de seguridad y tanto Max como la Hiena Wong iban atentos al camino.

Oye, Álex, ¿por qué no fuiste a su casa? Está en Denver, te comenté que viaja mucho, esa señora es un ejemplo de cómo vivir bien. Es verdad, ¿tu hermana iba a esas fiestas? Era muy chica, pero si quieres le pregunto. Me gustaría, nada más ten cuidado, por el tema de que, por lo que me has contado, no aprobaría esa relación de don Ricardo. No te preocupes, lo haré con prudencia. Perfecto, luego me informas, ¿tu mujer fue a esas fiestas? No, es mazatleca. ¿Reina del carnaval? No, siempre ha sido bonita, pero nunca le gustaron esos roles. Ok, entonces espero tu llamada. Sale.

Cortaron.

La casa en cuestión se hallaba en el barrio de Montebello, detrás del templo la Lomita. Durante un minuto Mendieta expuso lo que había pensado; tanto Max como la Hiena confesaron estar desubicados y que ya le dirían si algo se les ocurría. Continuaron en silencio hasta su destino. El Zurdo se dirigió a su habitación, pero Max Garcés lo retuvo.

Me gustaría repasar lo que planteaste; digo, si vamos a ponerle machín es mejor tenerlo muy claro.

Sobres, en quince minutos estoy con ustedes.

¿Quieres un whisky?

Aquí tengo. Una cosa: Max, si hablas con tu jefa, dile que quiero tratar un asunto con ella antes de que se haga la machaca.

De acuerdo.

Órale, nos vemos en un rato.

Cerró la puerta, fue al baño y orinó largo, se sirvió un Macallan doble, lo bebió hasta el fondo y se recostó en la cama. Cerró los ojos, reconoció que estaba en un punto de quiebre y que debía pensar perfectamente en cada paso que convenía. Todo empieza por el principio, reflexionó, y se quedó quieto. Parece una pendejada, pero es completamente cierto. Además: partí de cero. Recordó que en los años que llevaba de policía jamás había estado en una encrucijada tan indefinida como la presente. ¿Por qué? Todo lo que rumiaba lo conducía a la misma conclusión: el enemigo. Sebastián Salcido, alias el Siciliano, era quizá el rival más fuerte, impío y poderoso que había enfrentado en su carrera. Un auténtico hijo de la chingada. ¿Cómo se vence a un bato así? Ni tiempo de rezarle a la virgen de Guadalupe o a Malverde. Quizá deba considerar la duda de Hamlet: ser o no ser, es la bronca. Manrique se comportó siempre como un policía honesto, muy terco, según su cuñado, y metió a Salcido tras las rejas. Tengo que ponerme las pilas y es probable que hagamos lo que hagamos tendrá que ser al límite. Qué güeva. *Lo principal es que me protejas, pinche Zurdo, hace rato por poco nos lleva la chingada.* No me distraigas, cabrón, ya sé que tengo que cuidarte como a la niña de mis ojos. *Y no te olvides de lo que te pedí: unas buenas nalgas.* Cómo chingas con eso. Interrumpió el Séptimo de caballería. Era Gris Toledo.

Jefe, ¿todo bien? ¿Viste el desmadre? Estaba en la esquina, cerca de la Casa de Maquío, bien desesperada; el bazucazo se oyó del carajo. Estuvo grueso pero ya pasó, la libramos bien y estoy sin problemas y en un lugar seguro; así que no te preocupes. Como le he dicho antes, qué suerte que tiene esa amiga. Tienes razón; oye, agente Toledo, luego te llamo, estoy a punto de entrar a una reunión. Cuídese, jefe, y estamos al pendiente, 10-4.

Se puso de pie, bebió otro trago de escocés y le marcó a su hijo. Habitación verde claro con paredes limpias. Esperó que sonara lo suficiente pero el dueño del teléfono continuaba ausente. No sabía dejar mensajes y aunque lo supiera, tampoco lo haría.

Pinche plebe, no tiene remedio; no sé si se parece a mí o a la madre.

Permaneció inmóvil unos momentos, viendo por la ventana. El pasto se notaba recién cortado y la barda era alta, pintada de azul. Junto a la ventana, un macizo de cempasúchil le recordó que en México ésa era la flor de la muerte. Cuando abrió la puerta para ir a la reunión sonó el celular. Era Jason. Cerró y dio marcha atrás.

Hola, papá, ¿cómo estás? Bien, hijo, ¿y tú? Al cien, disculpa que no te respondía, estaba en una conferencia sobre delitos cibernéticos que acaba de terminar. No te preocupes, ¿qué tal estuvo? Muy reveladora, se percibe que será un universo complicado, los sujetos que podrían violar las leyes serán muy inteligentes y creativos; quizá podamos prever delitos graves antes de que se cometan. Será un buen reto para ti, ¿crees tener problemas con eso? Espero que no. Esa voz me agrada, hay una película con Tom Cruise que puede ayudarte, no recuerdo el título. *Minority Report*, donde resuelven delitos cometidos a mediados del siglo XXI. Más pronto de lo que creemos; oye, ¿cuando llegues a casa podrías comunicarme con tu mamá? Creí que tenías su número. Yo también, pero no lo encuentro. Ok, me encargo, papá, le va a dar mucho gusto hablar contigo. Nos llamamos en una hora.

Se despidieron. Volvió a observar por la ventana. Puso la mente en blanco. Bebió otro trago.

Reconoció una vez más que lo bloqueaba pensar en Susana Luján y también que debía superarlo ya. ¿Por qué no? *No te hagas pendejo, güey*, susurró el cuerpo irónico. *Es el amor de tu vida, perro.* No quiso responder. Se achispó, guardó el celular, abrió nuevamente la puerta y se dirigió a la habitación donde ya lo esperaban.

Treinta y seis

Después de abandonar el Café Miró, Mendieta conservó el celular del Cuerno Iván. Transitaban por la avenida Obregón cuando les comunicó su idea.

Olviden lo que les dije, después de hablar con ese cabrón estaba fuera de mí; si ustedes lo conocen como aseguran, saben que es insoportable, un maestro de la ofensa y la ironía; sus palabras no hieren, matan.

Es un alhuate en el culo.

Un hijo de su puta madre.

Veo que estamos de acuerdo, así que, a pesar de que me mandó a la chingada, voy proponerle la reunión, ya le dije que también quiero tratar asuntos del cártel con él, ¿cómo ven?

Nos quitas un peso de encima, Zurdo Mendieta, estoy de acuerdo.

Puro pa'delante, mi Gato.

Pues ya está, estaciónate en La Lomita, voy a usar el teléfono del Cuerno Iván.

Estaban en un tráfico tranquilo cuando se comunicó con Stevejobs, le pidió que rastreara la llamada mientras los otros lo miraban desconcertados. ¿Qué onda, Zurdo Mendieta?

Amigos, este muchacho es el mejor, los suyos son buenos, pero son niños de pecho al lado de este cabrón; es un maldito brujo.

Se estacionaron en el templo mencionado y marcó. Quizá Sebastián Salcido había pensado lo mismo porque de inmediato tomó la llamada, que por supuesto intuía que no era de su incondicional.

¿Más tranquilo, detective? Como una noche clara de inquietos luceros. Entonces vayamos al punto: quieres reunirte conmigo, ¿sabes que no tienes jerarquía para eso?

El Zurdo sintió una punzada de rabia pero resistió.

Lo sé, pero es muy difícil que mi jefe se atreva a conversar con un señor como tú, tan importante y con una historia tan rica; y el procurador, como debes estar enterado, juega en otra liga. La liga de los me hago de la vista gorda; mira, vayamos al grano, el Hombre Muerto está sentenciado, lo mismo que tú, y cuando las sentencias no la dictan los jueces sino los verdugos no hay marcha atrás. O sea que ni rezándole a Malverde. Eres listo detective, no lo puedo negar, además de que evitas el derramamiento de sangre. A Culiacán no le gustan esos baños. Yo no estaría muy seguro, ya ves que tiene su historia. Sí, pero la historia la han escrito los sicarios más crueles, como el Gitano y el Culichi, además de varios funcionarios pendejos del gobierno federal, ¿me permites una pregunta? ¿Por qué no? Sobre todo ahora que nos estamos entendiendo.

La voz arenosa se escuchó segura.

Sé que te gustaban las mujeres bonitas. Me gustan, pero no me hace gracia hablar de eso, detective, las mujeres bonitas me trajeron mala suerte. Avalo eso, me pasó exactamente lo mismo; la pregunta es si conociste a alguna hermosa pelirroja en Culiacán; cuando Manrique te apañó te acompañaban tres bellezas. Por Dios, detective, me seguían como moscas a la miel, y les crecían cabellos de todos los colores, y no tengo presente a ninguna pelirroja.

El Zurdo iba a comentar que, sin embargo, recordaba tan bien a la señora Valenzuela que hasta le había pedido una cita, pero decidió dejarlo así. De boca cerrada no salen moscas.

Aunque las pelirrojas son notables, es lo que pensé. ¿Estuvo alguna hermana tuya conmigo? No tengo hermanas, Salcido, pero creo que invitaste a mi abuela.

Se escuchó la risa cascada, como un murmullo macabro.

Bien detective, reza tus oraciones porque vas a ser el primero, te lo has ganado.

El Zurdo puso el celular en altavoz.

Una cosa más, Salcido, ya que estás en tus cinco minutos de buena gente; aparte de negociar el perdón de mi comandante, me gustaría tratar un asunto del cártel del Pacífico contigo, ¿cómo ves? Claro, mi gente estaba segura de que tenías algo que ver con esa pinche vieja marimacha y de que podrías ser un buen contacto. Por eso la amenaza. Bueno, ahora es real y creo que lo entiendes. Perfectamente, Siciliano, y, como te digo, si aceptas podríamos vernos, hablamos del asunto, informo por teléfono y ahí mismo me das piso. Dime algo, ¿le gustan los hombres de nuevo? Le encantan, ¿cómo ves mi propuesta? No me parece, ¿qué ganas con eso? Si no me reúno contigo me matan ellos; así que lo único que hago es elegir a mi verdugo y, como bien dijiste, evitamos el derramamiento de sangre; además, como lo acabas de señalar, tú me pusiste aquí. Al principio pensé que valdría la pena llegar a un arreglo con la vieja, tal vez por eso te elegí como enlace, aunque nada salió como esperaba; pero ya no, no quiero nada con esa escoria ni quiero escuchar de ellos; dile a la marimacha que, para empezar, Mexicali es mío, y que el viejo estúpido y decrépito que controla allí va a chingar a su madre más temprano que tarde; y como sabiamente aseguras, si no te chingan ellos te chingo yo: estás muerto, detective.

La Hiena Wong entrecerró los ojos. Su barbilla temblaba por la cólera, pero se mantuvo en silencio. Max Garcés lo palmeó para tranquilizarlo.

¿Pues qué te hicieron? No es algo que te importe y con esto terminamos esta conversación que jamás debió ocurrir.

Cortó.

Mendieta recordó lo anterior mientras caminaba a la habitación donde lo esperaban. Entró. Tomó el Buchanan's que le ofrecía Max y se sentó. En ese momento sonó el Séptimo de caballería. Era Stevejobs.

Jefe, ya está, le acabo de mandar la información a su WhatsApp. Si no me equivoco el sujeto está muy cerca de donde usted hizo la llamada. Gracias,

Steve, ¿por qué tardaste tanto, cabrón? Están blindados y fue necesario utilizar ciertos recursos; sería largo de explicar. ¿Estás seguro del resultado? En un noventa y cinco por ciento. Sobres, pues, ahora mantente a la mano por lo que se pudiera ofrecer. Okey, ¿cómo va con la güera? Muy bien, le gusta mi casa; ahora debe estar comprando ropa interior sexy. Gracias por la foto. Por cierto, descubrí que la información sobre Salcido que no pude imprimir estaba jaqueada; es decir, sólo iba a servir para que fuera vista una vez y luego se borrara. E informar si seguíamos investigando; qué listos, gracias, Steve. A la orden, jefe.

Cortaron.

Mendieta sintió el sobre que se había guardado en el bolsillo del pantalón, abrió la información de Steve y emitió una leve sonrisa. Probó el whisky y miró a sus compañeros.

Si queremos tenerlo, démonos prisa. El güey está muy cerca.

Gato, si lo agarramos vivo, lo quiero; a mí ningún pendejo me dice viejo estúpido y decrépito y vive para contarlo.

De acuerdo, Wong. Reúnan a su gente, yo me voy a llevar a dos de los míos.

No hacen falta, Zurdo Mendieta, somos suficientes.

No lo dudo, pero esto primero será un operativo policiaco, después Salcido será suyo. Otra cosa, si no me equivoco, le van a caer a esta casa; así como nosotros los ubicamos, seguramente ellos también. Así que deja gente suficiente para que la protejan.

Se la van a pelar; de cualquier manera necesito comentarlo con la jefa, ¿querías echarte un choro con ella, no?

Is barniz, adelante, aunque ya no es necesario que yo le hable.

Vamos por ese hijo de su puta madre.

Expresó la Hiena Wong mientras Garcés marcaba.

Max puso a Samantha al tanto rápidamente y ahora fue ella la que quiso dialogar con el detective. Buenas tardes, Zurdo Mendieta, hemos llegado hasta aquí y quiero que abras bien los ojos; ese cabrón es una víbora de cascabel. Ya me di cuenta. No entiendo por qué quieres que sea un operativo policiaco, ya viste que con él no se puede negociar. Te pido que tengas fe en mí, será muy breve el tiempo que esté solo con él. Si te dejas matar es que eres un pendejo. No está en mis planes; va el Gori conmigo dispuesto a todo. Lo queremos vivo, Zurdo Mendieta, no te lo vayas a chingar. Parece monedita de oro el cabrón. Que lo sepa el Gori. De acuerdo.

Cortó.

Los hombres se pusieron de pie en el momento que entraba el Diablo Urquídez.

Jefe Max, acaba de haber una balacera en el estacionamiento de la plaza Fiesta; balearon carros de la gente que estaba de compras; así nomás, a lo pendejo.

Hijo de su chingada madre, ¿qué te dije? Es un pinche carnicero.

Tranquilo Max, el bato quiere distraernos; hay que movernos rápido, se refugia en una casa frente a una iglesia en la colonia Libertad.

El Zurdo marcó en su celular.

Gris, pídele al Gori y a Robles que nos alcancen en la casa del Cuerno Iván, que se lleven los rifles porque la fiesta será en grande. ¿Quiere que los acompañe? De momento quédate con el niño, luego te llamo para ir por la bicicleta. Ay, jefe.

Cortó, luego se integró al grupo que se movía rápido y furioso.

Chin, que no se me olvide llamar a Jason; vamos a ver qué me dice Susana.

Te a va a decir que está ganosa, y le respondes que yo también. Calla, cabrón calenturiento; más respeto para la madre de mi hijo. El cuerpo soltó una risa que Mendieta no quiso interpretar.

Treinta y siete

Max ordenó al grupo de jóvenes sicarios responsables de resguardar la casa que se ubicaran en lugares estratégicos y se mantuvieran atentos y bien pertrechados; era probable que aparecieran unos pendejos disparando y que ninguno de ellos debía escapar con vida. Esos cabrones. Llamó aparte a quienes los acompañarían en dos camionetas y una Hummer, y también recibieron instrucciones precisas. Les quedó claro a quién enfrentarían, lo que estaba en juego y por qué era importante vencer. Debemos chingarlos a como dé lugar, si no, todos vamos a chupar faros, morros, ¿quieren eso? No.

El barrio era de clase media alta, tranquilo, dos pequeños parques, con calles onduladas, resguardado por nadie sabía quién. Al subir a la Hummer negra y blindada en que se trasladarían, sonó el celular de Mendieta. Los demás lo observaron extrañados, pero nadie hizo algún comentario. Pensó no contestar, pero era Jason.

Hola, hijo, ¿todo bien? Sí, papá, te comunico a mi mamá. Ándese paseando.

Sintió que se le retorcía el estómago, de algún lugar llegaron las notas de "Corazón espinado" con Maná y la genial guitarra de Carlos Santana. ¿Por qué siempre se ponía nervioso cuando hablaba con

235

ella? ¿A qué se debía esa reacción tan impropia en un policía de su edad? Mierda. Escuchó la risa del cuerpo que se burlaba. *Pobre pendejo, si me hicieras caso fueras el hombre más feliz del mundo; ya te lo pedí, hay que dormir con ella, acariciar su hermoso cuerpo antes de que se la apropien los gusanos.*

¿Edgar? Qué tal Susana, ¿cómo estás? Bien, gracias, ¿y tú? Con un poco de trabajo. *Dile que venga, que tome el primer vuelo para acá.* Lo mismo yo, tal parece que tardaremos en jubilarnos. Espero que no demasiado. Con respecto a eso, estoy buscando la manera de que así sea; voy a tratar de vender la taquería y regresar a Culiacán lo más pronto posible. *Me encantan las mujeres con iniciativa; prométele que la recibiremos con los brazos abiertos, que va a dormir bien calientita y en una cama king size.* ¿Y Jason? Tu hijo es autosuficiente y está fascinado con su carrera, creo que va a ser mejor policía que tú. Ni duda cabe, ya me platicó de su primer caso en serio y estuvo genial; oye, ya que mencionaste mi trabajo, me gustaría que recordaras algunas fiestas de cuando vivías en Culiacán. Edgar, era bien pachanguera, acuérdate. ¿Cuántas veces fuiste a casa de la señora Minerva Martínez, en la colonia Chapultepec? Ninguna, ésos no eran mis terrenos. *Si te vienes a vivir con nosotros, te apuesto a que este pendejo te compra una casa allí; sigue siendo un lindo barrio.* Tengo una foto de periódico de una fiesta donde apareces. ¿De veras, y dice que fue en la Chapule? No, y tampoco anotaron los nombres de las asistentes. Pues mira, éramos bien relajientas, pero no recuerdo haber ido a una fiesta en esa colonia.

Ni falta te hizo, mamacita. En la foto estás en cuclillas; de pie, detrás de ti, hay dos muchachas de pelo largo, quizá recuerdes sus nombres. La verdad no; te digo que éramos un montón; ¿estás buscando alguna chica de esa época? *Pero no para lo que esperamos gozar contigo, mamacita; te extrañamos un chingo.* Algo así; ¿recuerdas haber visto alguna pelirroja muy malhablada? Muchas, me parece que ese tinte hizo furor en las jóvenes de mi generación y muchas eran muy lenguas largas. ¿Sabes quién es Milla Jovovich? Claro, la actriz de *The Fifth Element*, guapísima. Pues la que estoy buscando se parece un poco a ella, imagínala con el pelo largo y rojo. *Pero a la que queremos en casa es a ti y a tu calor, lo más pronto posible.* ¿Por qué no me mandas la foto? Quizá viéndola la recordaría, aunque a decir verdad, nunca supe los nombres de la mayoría de las que iban a las fiestas en que las estuve; salvo los de mis amigas, claro. Hace poco me acordé de Laura y de Horacio. De vez en cuando Laura y yo nos llamamos, a pesar de los años y la distancia seguimos en contacto; salúdalos si los ves. Con gusto, bueno, te envío la foto en este momento a este teléfono. Muy bien, ¿cómo está Ger? Igual que siempre, ya sabes, bien exigente y responsable de la casa; por favor, si te acuerdas de las que están en un círculo me llamas, me gustaría conocer sus nombres. *Y si no, también, para saber a qué horas llega tu vuelo, mamacita.* Bien, la espero; Edgar, ¿has pensado en mi propuesta de vivir juntos? Todos los días. ¿Y? Me parece genial, y me gustaría comentarlo con Jason. No es necesario, desde que te lo dije lo hemos hablado varias veces y, la verdad, siempre contesta que le encantaría. *Aprende, cabrón pendejo, y reconoce que te hace falta una mujer autosuficiente como ella.* De acuerdo, en cuanto salga de la bronca en la que estoy le damos pa'delante.

Cortó. Sus compañeros lo miraban desconcertados. Menos el Chóper Tarriba, que viajaba a su lado muy quitado de la pena. Sacó la impresión del recorte de periódico y le echó un ojo.

Mi Chóper, hazle una foto a esta madre por favor, y me dices cómo enviársela a mi hijo.

Con gusto, mi Zurdo, por cierto, aquí le traigo su rolita.

Le pasó un cedé.

¿El disco completo?

Espero que lo pueda escuchar sin fallas.

Mendieta observó la portada: una calle, los músicos caminando, el vocho blanco, la canción número trece y le agradeció con un gesto; mientras, el sicario con el AK-47 entre las piernas y la bazuca al lado, hacía la operación.

Circulaban por una calle llena de baches, atentos a los ruidos y a los carros que se atravesaban.

Tres minutos después entró otra llamada de Jason.

Treinta y ocho

Adelante, hijo. Sólo avisarte que recibimos la foto. Gracias, cuando tu mamá tenga alguna conclusión, que me llame; instrúyela para que la vea con cuidado. Cuenta con eso.

Cortó.

Cabrón, deja el cotorreo para otro día, estamos bien friqueados y tú con tu pinche choro; si hablas de nuevo te voy a quitar esa madre y la voy a aventar hasta donde me alcance el puto brazo. El Zurdo echó una mirada retadora a Garcés, pero no quiso responder; luego se volvió al Chóper, que continuaba tranquilo, como en un rollo cósmico. Pinche morro, tiene raspados en la sangre, el güey.

La Hummer avanzaba a velocidad prudente. La escoltaban dos camionetas y un vehículo igual hasta el tope de pistoleros. Si ardió Troya, ¿por qué no habría de arder Culiacán? Reflexionó Mendieta. Max permanecía inquieto y a la Hiena Wong no le gustaba contener su furia. El Diablo conducía; el detective, entre Garcés y el Chóper, observaba el camino. ¿Desde cuándo estaba Salcido refugiado allí? Debimos preguntar al Cuerno Iván, aunque lo más seguro es que nos mandara a la chingada; pinche cabrón, la neta que es un burro, pero un ejemplo de lealtad. Qué bueno que no se envenenó, así podrá pasar un buen rato en Puente Grande, o en Puente Chico, según donde le toque al güey. A lo mejor lo mandan a los puentes de Madison. El que parece tener el destino sellado es Sebastián Salcido, el Siciliano; qué apodo, ¿no? No podría tener uno más chingón; y ya vieron que tanto la Hiena Wong como Samantha lo quieren vivo. Qué razón tiene Espinoza cuando dice que hay batos que nacen con la sangre tan negra que no hay manera de que les cambie de color; hasta se podrían imprimir libros con ella.

Estaba especulando cuando se oyó el Séptimo de caballería. Era Robles. Max lo miró con dureza. Apaga esa mierda, Zurdo Mendieta, ya te dije, me estás cagando el palo con esa madre. Es el agente Robles y te chingas porque le voy a contestar:

Aquí Mendieta. Jefe, estamos en el punto y no hay nadie. ¿Ni un auto negro? Nada. ¿Entraron a la casa? No, pero se nota que está deshabitada. Tengan los ojos muy abiertos y esperen a que lleguemos. Lo copio, 10-4.

Comunicó la nueva y todos quedaron pensativos, menos el Chóper, que acariciaba el cañón de su rifle y vivía quién sabe en qué universo.

Quiere jugar el muy cabrón, recuerdo bien que le gusta eso.

Expresó la Hiena Wong, que evidentemente conocía al Siciliano.

Pues que vaya a un casino, el güey.

Tranquilo, mi Gato, en esta clase de juegos son necesarios al menos dos; ya lo verás.

El hijo de la chingada es un perro con rabia que quiere desgastarnos.

Como sea, hay que estar bien truchas; y si entiendo bien nos toca mover.

Is barniz.

Minutos después, con la primera oscuridad, arribaron al domicilio. Robles y el Gori abandonaron el carro en el que habían llegado. Max ordenó que nadie se bajara, salvo los que irían con él.

Permitan que vayamos primero.

Pidió Mendieta pero nadie le hizo caso. Con armas en la mano se deslizaron hasta la puerta de madera blanca; el Zurdo la empujó y descubrió que estaba abierta, hizo señas a Max de que lo siguiera. Entraron. Todos preparados para disparar, aunque el Gori Hortigosa era el que más se notaba con su rifle apuntando. Huele a cigarro, musitó Mendieta. La casa era pequeña, con sala y dos habitaciones, y pronto constataron que estaba vacía. En la cocina, sobre la mesa, había tres platos con tacos de carne asada a la mitad envueltos en papel aluminio y un cenicero lleno de colillas. El detective tocó uno. Estaban tibios.

Órale, se acaba de largar el bato. Robles, llama a Stevejobs y que trate de descubrir para dónde se movió el teléfono con el que trabajó hace poco.

La Hiena Wong sentía que su rabia aumentaba. Tenía un rencor viejo que se había despertado y que no le interesaba controlar. Te llegó la hora, pinche Siciliano, vas a pagar todas las que debes, y la estúpida y decrépita es tu puta madre, güey.

Sicarios y policías decidieron abandonar la vivienda. No habían alcanzado la puerta cuando se desató una balacera en la calle. El primero en salir fue el Chóper Tarriba, seguido de la Hiena. Detrás de ellos, el Gori Hortigosa estaba listo para soltar metralla.

Desde la esquina los atacaban. Tres camionetas negras se habían atravesado y, protegidos tras ellas, varios efectivos disparaban sus AK-47 sin parar. Raatttt, raattt. Tableteo continuo. Los narcos se refugiaron tras sus vehículos y respondieron el fuego con el mismo furor. Se ve que estos güeyes se divierten, pensó Mendieta en el momento en el que el Chóper Tarriba, después de ponerle un cargador nuevo, le lanzó su cuerno y se arrastró hasta la Hummer, donde tenía su bazuca. Julio Verne dijo que la sociedad nunca retrocede, ¿ustedes lo creen? Porque yo no.

Resguardado tras un poste, Mendieta disparó hasta agotar la carga. Lo único que notó es que le había acertado a una de las llantas de una troca enemiga. Veía que sus compañeros se cambiaban de sitio pero el tiroteo permanecía igual. Fue Tarriba el que puso la nota alta al volar la camioneta del centro y conseguir que varios de los pistoleros quedaran al descubierto cuando intentaron huir. Nadie llegó lejos, tampoco los que trataron de refugiarse en el templo, pues fueron abatidos por la Hiena Wong, quien seguía teniendo una puntería letal.

Ningún enemigo de negro se entregó. Todos quedaron en el terreno, lo mismo que cuatro pistoleros de Max, que cayeron al principio de la refriega. Difuntos con olor a meteorito viejo.

Poco a poco se pusieron de pie, como si estuvieran entumidos. Garcés ordenó tiros de gracia para los de negro y que entregaran los cuerpos de su gente a los familiares. El Zurdo vio que sus policías estaban bien y le marcó a Stevejobs.

Qué onda, Steve.

Jefe, el celular no se ha movido de allí, en cuanto Robles me marcó me puse a trabajar y es lo que tengo.

Puta madre, debe estar en la casa.

Regresó a la vivienda seguido del Gori, marcó y justamente lo encontró en el bote de la basura de la cocina, encima de un trozo de pizza mordisqueado. Típico, pensó, cortó su propia llamada y lo recogió con una servilleta. Se escuchó el último tiro de gracia. Estos cabrones sólo tienen una ley: nadie sale vivo.

Es la ley de la selva, mi Zurdo.

¿Qué clase de selva es ésa, mi Gori?

Una que en este tiempo está muy crecida.

Y donde los policías nos perdemos gacho, ¿verdad? Ahora vamos con el cabrón de Garcés.

Max, pídele a tus halcones que estén alertas por si wachan a un hombre mayor, seguramente vestido de negro, en un vehículo cualquiera con al menos dos acompañantes; por si no se atrevió a largarse en uno negro; incluso podría ir solo.

De acuerdo, Zurdo Mendieta.

El jefe de sicarios mandó al Diablo a que diera la orden. El detective le marcó a Gris.

Agente Toledo, ¿está tu marido contigo? No, me llamó hace dos horas, dijo que no podía salir; se suscitaron varias balaceras en la ciudad, incluso he escuchado algunas descargas por varios rumbos. Lo imaginaba; por favor llámalo y pregúntale si continúan y por qué zona. Lo copio, jefe, y no se olvide de que tenemos que regresarle su celular a la señora Valenzuela. Aunque ya es tarde para que se lo lleves, en cuanto salgamos de este embrollo te lo mando con los muchachos; ¿tienes el número de su teléfono fijo? Por aquí lo anoté. Llámale, dile que hemos adelantado mucho en la solución del caso de su esposo, que muy pronto tendremos al culpable. Va a llorar. No le des tiempo, sólo córrele la atención. Lo haré después de que tenga noticias del Rodo. Prefiero que le llames ahora. Lo hago en este momento, jefe, 10-4.

Cortaron. Se apartó de los otros. Necesitaba pensar el siguiente paso; bien sabía que la decisión era suya. ¿Dónde se metería ese cabrón? ¿Cómo piensa que me puede matar si se escabulle? ¿Cómo lo atrapamos? En caso de que se sienta perdido, ¿en qué lugar se sentirá seguro? ¿El hotel Executivo? En la Novena Zona Militar no creo, porque lo expulsaron.

Dos minutos después recibió el informe de Gris.

Nada, jefe, dice el Rodo que desde hace una hora hay calma y la señora Davinia no responde.

Le dio las gracias, ordenó a sus hombres que regresaran a la Col Pop y se subió a la Hummer, en el mismo lugar.

Regresemos a la casa, mi Diablo.

Qué pasa, mi Gato, esto apenas empieza.

Es verdad, pero como dijiste hace rato, para este juego se necesitan dos o más y vamos a ir al baño.

Neta que apenas tú te entiendes.

Tenemos órdenes de seguirte el rollo, Zurdo Mendieta, aunque no estemos de acuerdo; lo bueno es que desde este momento tendrás con quién discutir el asunto.

El detective meditó unos segundos.

¿Regresó Samantha?

Is barniz.

Sonrió.

Primera vez que creo en lo increíble; chingo a mi madre si no.

Treinta y nueve

Antes de arribar a la casa de la capiza del cártel del Pacífico, Mendieta recibió una llamada de Alejandro Favela. Las calles le parecían semioscuras, como si el alumbrado público hubiera bajado de intensidad. Qué tal, Álex, ¿cómo está tu papá? Hoy estuvo bastante grave, Edgar, durante el día perdió el conocimiento tres veces, más o menos por una hora cada vez; está en la etapa que te comenté, muy cerca de su fin; gracias por preguntar. Pobre, qué pena. Y nada con la pelirroja, ¿verdad? Nadie se escabulle para siempre, Álex, y si es cierto lo que dijo tu papá de que es de las que no mueren jóvenes, debe estar por ahí, y de verdad estamos a punto de encontrarla. ¿Qué te hace pensar eso? Lo siento Álex, es secreto profesional, pero muy pronto la tendrá frente a él, ya lo verás. Expresó, mientras pensaba que mentir es un remedio casero. Como veo a mi papá, creo que cuando mucho aguantará dos días. ¿Qué dice el oncólogo? Lo de siempre, pero nosotros sabemos que cada vez está más cerca de dar ese pequeño gran paso. ¿Cuánto falta para que se cumpla el plazo que nos dio, recuerdas eso? Finaliza mañana o pasado; me parece que habló de una semana. Es verdad, ha volado el tiempo. Una noche me dijo que no, que pasaba igual, que esa percepción de velocidad uno la inventaba. Suena coherente, ¿y qué recordó tu hermana de las fiestas de la Chapule? Lo que te mencioné, aún era muy chica y no la invitaban. Te voy a confiar algo: no hemos podido llevar a cabo la investigación con todo el cuidado que se requiere porque en estos días nos hemos involucrado en un problema muy grande que nos trae a raya; hay un asesino de policías en la ciudad que no hemos podido atrapar. Algo me comentó mi cuñado y esta tarde escuché balaceras cerca de la casa de mis papás y, después de que hablamos a mediodía, un trueno, quién sabe qué sería. Ése es el punto, nos enfrentamos a un cabrón sin escrúpulos; sin embargo, creo que estamos pisándole los talones a la pelirroja; la foto que te referí nos ha abierto un camino, vamos a localizarla y la llevaremos al hospital tan fresca como cuando tenían su onda. Sería fabuloso que vinieran a tiempo. En asuntos policiacos un día es un instante o una eternidad, así que mañana nos vemos seguramente con ella. Edgar, gracias por todo lo que has hecho por mi padre, en serio estoy a tus órdenes. Ya, gracias a ti. Cortaron.

Llegaron a la fortaleza de Samantha Valdés que se hallaba completamente a oscuras, en silencio. Mendieta olía el sudor agrio de sus compañeros, la rabia contenida de la Hiena y no pensaba en nada.

Por cierto, Zurdo Mendieta, no te equivocaste: llegaron dos trocas con gente armada a la casa de Montebello y ahí nomás se quedaron los putos; no esperaban nuestra reacción.

Buena noticia, Max, en poco tiempo le hemos dado dos buenos madrazos al Siciliano y espero que lo tengamos mareado; no hay que dejar que se reponga el cabrón.

Hay que noquearlo, mi Gato.

Exactamente.

Una vez más se oyó el Séptimo de caballería.

¿Se pueden recibir llamadas aquí, Max?

Las que quieras.

Presumió el jefe de sicarios completamente tranquilo. El detective sonrió.

Mendieta. Soy yo. Ah, qué onda mija, cómo anda la mecha. Todo bien, Edgar, gracias; fíjate que estuve revisando la foto meticulosamente; por cierto no sé cómo me reconociste: estoy bien fea. No es verdad, te ves hermosa. *Créele, casi se desmaya el pendejo.* ¿Lo piensas? Perdón, me acaloré; el caso es que la vi con cuidado, incluso Jason me prestó una lupa con iluminación, pero no recuerdo a esas muchachas, las que marcaste; son muy bonitas, pero todas eran unas bellezas. *Ya, pinche mapache, pídele que se apure, y ya no te hagas güey, la quieres más que a tu perra vida.* La foto es en blanco y negro, pero la que buscamos era pelirroja, guapa y con la boca muy suelta. Una de ellas se parece un poco a Milla Jovovich, como dijiste, pero eso te lo puedo decir por la foto, y a decir verdad, no está en mi memoria alguien como la actriz; éramos tantas revoloteando por ahí que jamás supe los nombres de ninguna; incluso algunas tenían apodos, pero tampoco los recuerdo. Qué mala onda, ni modo, igual agradezco muchísimo tu ayuda.

Zurdo, déjate de pendejadas y dile que se venga, ca-brón, no seas güey; quiero a esa mujer con nosotros. Si hay alguna otra cosa que pueda hacer por ti, lla-ma por favor, Edgar, no olvides que somos fami-lia. Claro, ¿cuándo le caes a Culichi? Ya te dije, en cuanto me lo pidas. *Pues ya, te estamos esperando mamita.* Ven con Jason para platicar. Claro que sí, Edgar, me voy a poner de acuerdo con él, pero ¿so-lo quieres platicar? Por algo se empieza, ¿no? Está bien, te avisamos en cuanto estemos listos; si no te encontramos te dejo recado con Ger; por aquí de-bo tener su teléfono. *Por favor, Susana, entre más pronto mejor; estamos ansiosos.* El problema es que aún falta para que Jason tenga vacaciones; está tan clavado en la escuela que va a ser difícil que acepte viajar antes del veinte de diciembre. Convéncelo y aquí nos vemos.

Cortó.

Ay, Zurdo Mendieta, neta, cabrón, no eres más pendejo porque no eres más viejo; vas a terminar can-tando esa rolita de Roberto Carlos para retrasados mentales que valen puritita madre, "La distancia", creo que se llama. Aprende del viejo Favela, se lo está llevando la chingada al güey pero aspira a ver a su pe-lirroja, no sólo quiere vivir de sus recuerdos. ¿Crees que aún se le alborota? Claro que no, pero una morra es una morra, Zurdo. ¿Podrías callarte? Necesito pen-sar en esta bronca, recuerda que debo hacer todo lo posible por conservarte sano y salvo; te prometo que si viene no la dejaré marchar por el resto de su vida. *Se oyó muy pendejo, pero bueno, te voy a dar el beneficio de la duda.*

Mendieta bajó de la Hummer un poco atarantado y supo que su destino, de alguna manera, se
hallaba en un punto de quiebre y debía cuidarse al
extremo. "Live and let die", pide Paul McCartney,
pero aquí va a estar en chino cumplir ese principio;
seguramente vamos a ir con todo, lo que sólo significa una cosa: seguimos en la pinche selva.

Cuarenta

Samantha Valdés, con el rostro crispado, los esperaba en la pequeña casa, de ambiente cálido, ubicada en el jardín de su mansión, lugar donde acostumbraba reunirse para tomar decisiones trascendentes. Una insignificante luz de piso, imposible de vislumbrar desde el exterior, indicaba que nadie podría estar allí. La medida era necesaria porque latía la posibilidad de ser blanco de helicópteros enemigos. ¿Cuántos poseía el Siciliano? No tenía idea y no había tiempo de averiguar, y desde luego no le darían tentaciones. Por lo pronto, el lugar parecía deshabitado.

Entraron Max, la Hiena y el Zurdo Mendieta. La mujer estaba sentada en un sillón de cuero, que hizo un ruido suave cuando se puso de pie para saludarlos. Señaló una mesa circular con botellas, una fuente de hielo y vasos a la vez que indicó: Sírvanse lo que gusten y se sienten, que necesitamos platicar y estar muy seguros del punto dónde estamos parados. El detective detectó una caja blanca de treinta centímetros por lado y una pistola sobre una mesa cercana a la capiza. Recargado en la pared, un AK-47.

El trío siguió las instrucciones y pronto estuvieron frente a la jefa del cártel del Pacífico, que, a pesar de todo, lucía guapa. Bebieron a la vez e intentaron relajar sus rostros estragados por la experiencia reciente. Max, repite lo que me contaste por teléfono para que Wong y el Zurdo Mendieta escuchen tu punto de vista. El jefe de sicarios describió los pormenores del enfrentamiento sin omitir detalles, su conclusión fue: Creo que ahora deberíamos estar buscando a ese cabrón asesino para darle en su madre.

Yo le traigo unas ganas endemoniadas, expresó la Hiena Wong, bebiendo de una su trago. Yo también, sólo no olviden que Salcido es un cabrón que parece tener pacto con el Diablo; fue un verdadero milagro que Manrique lo detuviera en el hotel Executivo y conseguir que sus colegas enemigos le aplicaran esa larga condena en una prisión militar, a la que fue imposible tener acceso, explicó la capiza. Por eso pienso que no debemos darle cuartel hasta que le partamos su madre, añadió Max, sirviéndose otro trago de mezcal de Chacala.

Incluso la hora es perfecta, esperemos los informes de los halcones y le ponemos machín, la Hiena Wong se puso de pie y miró por uno de los ventanales a los vigilantes perfectamente ubicados en el jardín. Eran notables el Diablo Urquídez y el Chóper Tarriba, cada uno con una bazuca por si aparecía un boludo.

Pero se nos escurrió y esto es una maldita maraña; por eso tenemos que enfriarnos y pensar el siguiente paso, expresó Samantha. Y agregó: Zurdo Mendieta, no has abierto la boca, cabrón, me gustaría escuchar tu punto de vista, a fin de cuentas te hemos seguido el rollo. Mendieta se sirvió de nuevo. Lo primero, estoy de acuerdo en que es necesario pensar bien el siguiente paso; no creo que nos convenga andar echando bala a lo pendejo. Nada de a lo pendejo, lo haremos con la información de los halcones, interrumpió Garcés. Lo de los halcones fue idea mía y la verdad no creo que ellos lo vean, Salcido no es chica paloma y no se va a poner a tiro, así que vamos a reflexionar sobre el pinche muro que tenemos enfrente. Max, deja que el Zurdo Mendieta termine, pidió la capiza, bebiendo un trago leve de un *old fashioned.* Si este atarantado resuelve bien este embrollo le voy a dar un regalo. Pues póngase trucha, mi Gato, queremos oír qué pedo, para dónde debemos jalar. Gracias, Samantha, es la primera vez que me adelantan mi aguinaldo. Entonces aplícate, ya ves que los tres estamos muy encabronados, y delante tenemos un tigre embravecido y muy hijo de su pinche madre. Y estoy en medio, amenazado de muerte sin entender por qué; salvo que sea porque soy tu amigo, y según Salcido era una manera de atraerte a él y ponerte a modo. Zurdo Mendieta, ya estas carburando, cabrón, estoy segura que es por eso, y por eso también insistí en que te dejaras proteger.

El detective no quiso comentar que algo parecido le dijo el Siciliano, bebió un trago corto y observó la seriedad con que los otros dos dejaban ver que conocían la decisión. Entiendo, y te lo agradezco, sin embargo, hay dos cosas que no me quedan claras: al principio me dijiste que lo conocías más de lo que podría imaginar, y ahora me doy cuenta de que tanto la Hiena Wong como tú odian a Salcido y que tienen sus cuitas con él, me gustaría saber de qué se trata; tengo la impresión de que hay algo más que la lucha por un territorio. Jefa, este Gato es más cabrón que bonito, siempre lo dije. ¿Le cuentas por favor, Hiena? Mejor usted, señora.

Los tres bebieron largo y Mendieta, aunque retrasado, los imitó. La habitación se advirtió más oscura. Aquí espantan, especuló el detective.

Es muy sencillo, expresó la capiza con voz quebrada. Un día, hace más de veinte años, el amor de mi vida y un hijo de Wong, andaban juntos en Nogales arreglando un asunto delicado y el Siciliano los mató gachamente; les metieron más de cien tiros a cada uno. El silencio total no existe, pero es excitante imaginarlo.

Ándese paseando, musitó el Zurdo Mendieta. Recordó a Juan Rulfo y supo que era cierto, que había rencores para siempre, negros y pegajosos, agazapados o evidentes, malolientes e inquietantes, y le quedó un poco más claro por qué Pedro Páramo era un rencor vivo. Mierda, esto no es un gato encerrado, es una pinche turba de felinos de todas clases.

El detective percibió la loza que le estaba cayendo encima; aunque todo le resultaba evidente, preguntó: ¿Por qué no pudieron torcerlo? Primero mi papá se opuso; a pesar de lo grave del hecho y de que quería bien a los muchachos, no quiso entrar en una confrontación con Salcido, era un militar que tenía mucho poder y el control local; tanto a Wong como a mí nos pidió que tuviéramos calma.

Tú papá era un hombre muy convincente, un negociador nato, intervino la Hiena. Pensaba mucho antes de dar un paso que implicara violencia, no le gustaba que el negocio incluyera muertos; cuando se decidió a poner en orden a ese cabrón, apareció Manrique y lo sacó de circulación. Y en esa prisión no encontraron a nadie que les hiciera el trabajo final. Exacto.

Max renovó el whisky de su jefa y se sirvió un nuevo mezcal. Los demás siguieron el ejemplo. Cuando tomé el relevo decidí dejar la fiesta en paz; Ahora que Salcido está libre, Francisco Valenzuela, hermano de la viuda de Manrique, que trabaja para nosotros, nos mantenía al tanto de los movimientos del Siciliano y llegamos a pensar que también había optado por olvidar sus glorias y pasar tranquilo sus últimos años; es dueño de un rancho cerca de Badiraguato; pero nada, el cabrón estaba estudiando cómo chingarnos, seguramente por eso asesinó a Manrique y los amenazó a ustedes. Los cuatro bebieron tragos cortos. ¿Por qué no fueron por él al rancho? En palabras de Valenzuela, desde un mes antes del asesinato de Manrique se perdió. Pensamos que se había ido de viaje, comentó Max, un poco menos exaltado. ¿Con su familia? Lo curioso es que no tiene a nadie. ¿Buscaron bien? En archivos de todas clases y nada. Como si fuera extraterrestre el cabrón. ¿Y el rancho? Es una casa en una ladera, creo que nunca le invirtió; lo cuida una pareja que ya se hizo mayor y que no tiene muy claro lo que es su jefe. Si se ofrece, con mucho gusto les explico que es un hijo de la chingada, añadió la Hiena, y se hizo un silencio de espinas. A veces, la vida es negra y nada más, pensó Mendieta y apuró su trago.

En este momento ya sabes qué pedo, mi Gato, y tú debes decir si le damos p'arriba o p'abajo; lo único que no haremos será ir hacia atrás. Es la de ahí. Ahora fue Mendieta quien se puso de pie y miró cómo se desarrollaba la vida en el exterior. ¿Qué debían hacer? ¿Cómo atrapar a un sujeto tan enjabonado? Afuera los muchachos se mantenían atentos al cielo, seguramente otros vigilaban la calle y las casas vecinas. Si el tipo aparecía, le resolvía el problema, pero no lo haría, tenía formación militar y seguramente sabía que esperar es estratégico y que el que se muestra primero pierde, o le da más oportunidad al otro de que lo extermine. Le habían ganado esa pequeña batalla, pero no era suficiente. La otra pregunta que tenía ya me la respondí: Tu padre arregló con alguien para mantenerlo encerrado. Es correcto. Hubo un momento de silencio. Como un flashazo se acordó del Cuerno Iván, sin duda tenían un cuartel y él claro que sabía dónde estaba. Permítanme un momento, pidió, y abandonó la pequeña casa; fue directo con los muchachos.

¿Qué onda, mi Zurdo?

Diablo, ¿dónde quedó el Cuerno Iván?

Los sicarios se echaron una mirada rápida y sonrieron.

Caray, mi Zurdo, el bato nos salió rejego, a pesar de que tenía dos heridas, en cuanto pudo se quiso pelar y pues, tuvimos que darle piso.

Era bastante grosero y agresivo; no sabía otra cosa más que recordarnos a nuestras madres.

Agregó el Chóper.

Entonces los tres sonrieron y Mendieta regresó al lugar de la reunión. Estos cabrones no tienen remedio. Antes de entrar le marcó a Gris.

Buenas noches, agente Toledo, ¿ya llegó tu marido? No vendrá a dormir esta noche, jefe, llamó y dijo que se quedarían de guardia, al parecer podrían volver las balaceras. Esperemos que no, ¿te comunicaste otra vez con la señora Valenzuela? Le llamé pero no me respondió, si gusta lo hago de nuevo. Te lo voy a agradecer, luego me marcas para saber si está tranquila.

Adentro se topó con tres caras circunspectas. ¿Alguna novedad, Zurdo Mendieta? Tengo un presentimiento. Cabrón, ¿crees que eso es novedad? No lo sé; con eso de que en el mundo todo se repite, tengo esperanzas. Te pedí que no te comportaras como un pendejo y menos en esta etapa, Zurdo Mendieta. El detective se sirvió un whisky derecho, como le gustaba, y bebió un trago corto. Estarás de acuerdo en que estamos en una situación muy cabrona, sin embargo, le dimos dos golpes seguidos; eso quiere decir que no vamos mal. Sí, pero es un maldito demonio, expresó la capiza, se puso de pie y observó por la ventana; segundos después se volvió al detective. Y espero que te hayas olvidado de esa investigación pendeja en que andabas, mira que ponerte a buscar a esa mujer con este broncón encima. No exageres, Samantha Valdés, por si lo quieres saber, encontré a una muy parecida a Milla Jovovich en una foto de periódico. ¿Y ésa quién es? Quiso saber Max Garcés. Una actriz americana, aclaró la misma Samantha. Muy guapa, por cierto. Mendieta pensó mostrar al sicario las fotos que traía en su celular, pero entró una llamada de Gris.

Jefe, nadie contestó en casa de la señora, pero sentí que cortaron la llamada abruptamente, como si hubieran arrancado el cable del teléfono. Ándese paseando, gracias detective Toledo, ahora llama a Robles, dale la dirección de la señora, que el Gori y él pasen por enfrente y que me informen de inmediato lo que vean.

El Zurdo pensó unos segundos y se movió por la casita. Amigos, Sebastián Salcido podría estar en la casa de la señora Davinia Valenzuela, viuda del comandante Gerardo Manrique. Como impulsados por un resorte se levantaron, tomaron sus armas y observaron a la capiza. Vamos por ese cabrón, ordenó y salieron apresurados. El Zurdo bebió el resto de su vaso y los siguió con calma. En la misma puerta Samantha lo encaró: Más vale que sepas donde vive esa señora, Zurdo Mendieta, el detective hizo un gesto afirmativo, algo desganado.

Chale, a esta raza se le queman las habas. Tengo que escuchar completa la rolita que me pasó el Chóper, si no, voy a valer madre. Tal vez la morra continúa protegida por la cuchara de plata, buscando árboles de ahorcados y asaltando ventanas de viejos calenturientos.

Cuarenta y uno

Samantha, debemos ir despacio, dos de mis agentes van a buscar indicios; esperemos su llamada. Pero nos acercaremos, ¿no? ¿Vive lejos? Nada, está muy cerca. Entonces no olvides que ese cabrón tiene pacto con el diablo. De acuerdo, sólo te pido que no seas impaciente; mientras, que Max dé instrucciones a la gente para que se vaya preparando. Son las nueve cuarenta y seis, ¿cuánto tiempo crees que debemos esperar? Casi nada, pero vamos a movernos con calma. ¿Pues dónde es, Zurdo Mendieta? Aquí, en el Nuevo Culiacán.

Avanzaban por el boulevard Maquío Clouthier, al lado de la Escuela Normal de Sinaloa, cuando entró la llamada de Robles. Hablaron alrededor de un minuto y cortaron. Mendieta pidió al Diablo, que conducía la Hummer, que se detuviera para explicarles el escenario. Lo hizo frente a una ferretería cerrada. Cuatro vehículos que los seguían cargados de hombres, un convoy siniestro, hicieron lo mismo.

En la calle de la residencia de la señora hay siete trocas negras estacionadas con cierta discreción, se ven hombres en las cajas pero no exhiben armas, lo que indica que el bato está allí; el resto de las casas están con las luces apagadas y seguramente todos refugiados en la habitación más segura. ¿Por qué eligió ese lugar, si se puede saber? Estuvo enamorado de la viuda y seguramente sigue clavado, porque le pidió una cita. Mira qué cabrón tan desconsiderado, le mata al marido y después la busca; el pendejo se cree el rey David. Bueno, vamos a aprovechar esa debilidad; como imaginarán, no conviene llegar juntos. Salcido no está solo con la señora, alguien arrancó el cable del teléfono y seguramente nos están esperando. El único error que le conocemos es que no creyó que Manrique fuera por él, lo menospreció, y espero que lo cometa de nuevo. Como tiene pacto con el diablo el hijo de la chingada, es muy soberbio y a güevo que piensa que todos somos unos pendejos, desde ese punto de vista tal vez se confíe. Como sea, hay detalles que indican que el bato está allí y vamos a buscarlo; si no, más vale que tus hombres tengan seguro de vida. Max, son siete trocas y nosotros cinco, ¿cómo la ves? Vamos a atorarle, señora, como usted sabe, aquí los tenemos bien puestos.

El acuerdo lo tomaron rápido porque, como decía el Gori, sólo había una cosa que hacer.

La casa tenía un jardín al frente, bien cuidado, y algunas macetas con plantas y flores de noviembre, una reja blanca de un metro de altura y una puerta resguardada por dos tragaldabas vestidos de negro que le pusieron una pistola en el pecho al Zurdo Mendieta, cuando llegó con una pizza del Oxxo que olía a queso y pepperoni.

Qué es eso.

Una pizza para...

El Zurdo revisó la nota con parsimonia.

…para la señora Davinia Valenzuela.

Los tipos se miraron uno al otro, no estaban enterados de que esperaran comida y debían preguntar, valioso par de segundos que el detective aprovechó para meterle un tiro a cada uno en la cabeza y lanzarse tras una de las macetas, pues le llegó una lluvia de balas con granizo de la camioneta más cercana. Desde que el Zurdo se aproximaba a la casa, los enemigos y el par de agentes policiacos que estaban próximos no lo perdieron de vista; cuando los de negro vieron caer a sus cómplices supieron que tenían razón. Para la gente del cártel no era ésa la señal; al momento, Samantha Valdés comprendió que el plan no había funcionado y ordenó que cada quien fuera a lo suyo. El más feliz fue el Chóper Tarriba, que de inmediato envió un proyectil a una camioneta cercana a la casa tomada, mientras el Diablo disparaba a la que tenía más a la mano.

Se desató la balacera. Aparecieron dos helicópteros que los obligaron a buscar refugio en las marquesinas. El Gori y Robles, que se habían deslizado pegados a las viviendas, entraron al jardín baleando a los de la troca que acribillaban la sombra del Zurdo, quien se mantenía en el césped, al lado de las macetas deshechas, junto a un enorme perro muerto. Recordó que Gris lo mencionó como temible y buen guardián. Al instante, en la calle, la balacera fue total y Mendieta tuvo que rodar hasta la esquina de la casa porque de adentro empezó a llegar metralla al por mayor. Robles fue alcanzado en el abdomen y cayó abatido justo al pasar la puerta, encima de los sicarios eliminados. Sin hacer mayor estropicio, los helicópteros describieron una espiral al desplomarse, sorprendidos por las bazucas del Chóper y Urquídez. Para desgracia de dos familias, ambos cayeron sobre sus techos, destruyendo los tinacos de agua. El Gori se lanzó al césped sin dejar de disparar su rifle y pronto alcanzó al Zurdo al lado de una de las paredes.

Debían actuar rápido. Las señales para preservar la vida son más agudas que las amorosas. Mendieta se paró en los hombros de su compañero, que se puso de pie, y trepó a la azotea del único piso de la casa. El detective pasó al torturador una gruesa viga por la que éste subió más ágilmente de lo esperado. Los ensordeció una camioneta negra que estalló con todo y ocupantes después de recibir una granada. Dos sicarios escaparon corriendo, pero la gente de Samantha los acribilló sin piedad.

El Gori siguió su instinto de perro cazador; fue a un domo transparente y con dos disparos de su pistola lo desprendió. Sin preguntar se dejó caer y el Zurdo lo alcanzó con más dudas que certezas. Pinche Gori, le vale madre morir o está seguro de que a este cabrón hay que enfrentarlo rápido y sin parpadeos. En la calle el combate estaba en lo más cruento. Tres camionetas de Samantha ardían. Cuando comentan que estas batallas son más feroces que las de Medio Oriente tienen razón.

Cayeron en un pequeño jardín de plantas de sombra y al parecer nadie los advirtió. Entraron en la sala desierta, donde los recibió un reguero de muebles destruidos; era evidente que Salcido y su gente se encontraban en las dos habitaciones frontales, disparando su arsenal. El estruendo que llegaba de afuera era atronador, lo mismo que el de las recámaras, donde no dejaban de accionar sus AK-47 y los fusiles calibre 50.

Gori, vamos a entrar a esta habitación. Mendieta señaló una de ellas. Si está la señora, tratamos de negociar, si no, les damos en su madre. Sobres, expresó el torturador sin el mínimo temblor en la voz. La puerta se hallaba entreabierta e invadieron el lugar tiroteando al bulto. Al Gori no le importó la disposición del detective. Afortunadamente sólo había tres sicarios vestidos de negro que cayeron liquidados disparando a lo loco. De inmediato fueron a la habitación contigua, pero no tuvieron que entrar porque en la entrada misma los esperaba Sebastián Salcido, quien mantenía el cañón de su pistola en la sien de la señora Valenzuela y sonreía. Sudoroso, sucio, terrible, vestido como combatiente. Los policías le apuntaron. Se veía fuerte y triunfador.

Al fin nos vemos, detective.

Mendieta identificó la voz rasposa y bajó su arma, pero no le pidió al Gori que hiciera lo mismo, así que el torturador se mantuvo con su rifle apuntando a la pareja, a escasos cuatro metros.

El gusto es mío, Sebastián Salcido.

El Zurdo sabía que debía actuar rápido. Afuera la balacera continuaba al máximo.

Ya veo cómo le manifiestas tu amor a la señora Davinia, Siciliano, tú que te quejas de que con las mujeres bonitas te fue mal.

El exmilitar hizo una mueca implacable.

Ha sido una linda historia la nuestra, ¿verdad, cariño? Y hubiera terminado mejor si esa alimaña no se hubiera atravesado entre nosotros.

Su voz era gruesa y amenazante. La señora gimoteaba, pálida y temblorosa, sin poder emitir palabra; tras ellos, en el piso, yacía el cadáver de su hermano Francisco.

Por si no lo has percibido, tus hombres están liquidados, así que, en nombre de la ley, deja a esa mujer en paz y entrégate, Sebastián Salcido.

Es lo que tú crees, detective lamebolas, están por llegar ciento treinta efectivos y otros dos helicópteros, así que despídete, que al fin vas a chingar a tu madre, y tú también, Hortigosa, con todo y tu apodo tan significativo; cabrón descastado, eras el único que me faltaba de pagar.

El Gori lo miró más frío que nunca.

Deja de decir estupideces y entrégate, Sebastián Salcido; estás perdido, ¿para qué quieres más sangre?

El Zurdo Mendieta dio medio paso al frente.

Estás pendejo, detective, y quédate quieto, cualquier cosa que intentes me llevo a esta pinche vieja por delante.

Esto último no se escuchó completo porque un bazucazo entró por la ventana y se estrelló en la pared, ensordeciéndolos y haciéndolos caer al piso despatarrados. El único que permaneció de pie, apenas sacudido, fue el Gori Hortigosa, quien de inmediato se acercó a Salcido, le pateó la pistola que tenía en la mano, le puso el cañón en la cara y le quitó la cápsula venenosa que traía en un bolsillo de la camisa.

Vas a chingar a tu madre, pinche puto.

Lo amenazó, pero ni él consiguió escuchar sus palabras. En ese momento, apareció Samantha Valdés, sudorosa, envuelta en polvo, con su cuerno en las manos y seguida por sus hombres más cercanos; entró por la puerta que Max Garcés había derribado con una descarga y una patada, y avanzó rápido a la sala. La sordera hacía flotar las palabras que pasaban de largo.

Zurdo Mendieta, ese pendejo es mío, no lo olvides.

Expresó y señaló a Sebastián Salcido, quien continuaba con el cañón del Gori en su cabeza. El Zurdo no escuchó con claridad, pero comprendió perfectamente.

Es todo tuyo.

Manifestó y lo señaló, mientras se ponía de pie tambaleante, ayudado por el Diablo Urquídez, que le tendió una mano. La Hiena Wong auxilió a la señora Valenzuela para que se incorporara y se retirara trastabillando, luego pateó repetidas veces al asesino de su hijo y junto con Max lo pusieron de pie para que la capiza le escupiera la cara y lo encarara. No hay plazo que no se cumpla, Siciliano, y hoy vas a chingar a tu puta madre.

El otro hizo una mueca fría.

Luego se volvió al detective.

Zurdo Mendieta, ya estuvo, muchas gracias, puedes borrarte con tus muchachos. El que está afuera está vivo, pero necesita atención médica, toma la troca que queda y llévalo al hospital. Al rato te busco para darte tu regalo. Gracias a ti también, Gori, eres un cabrón bien hecho.

El torturador hizo un gesto de agradecimiento.

En este momento escuchaban mejor. La señora Valenzuela se sentó en la única silla que no estaba destrozada. Se veía pálida, desconcertada, completamente desolada.

El detective y Hortigosa abandonaron rápidamente el recinto. Debían salvar a su compañero. En la calle, varios sicarios del cártel aplicaban tiros de gracia. El Chóper Tarriba fumaba tranquilamente un cigarrillo recargado en la verja, con el cuerno colgando y la bazuca al lado. El Zurdo se acercó a él. Machín, mi Chóper. Lo mismo digo, mi Zurdo. Sonrieron y se despidieron de mano.

Cuarenta y dos

Tres horas después, aún con las huellas de la batalla, el Diablo Urquídez encontró al Zurdo Mendieta en el hospital Ángeles, en donde, a cuenta de la tarjeta de Favela, operaron a Robles de emergencia. Recién lo habían declarado fuera de peligro y estable.

Qué pedo, mi Diablo, ¿qué haces aquí?

La jefa quiere verlo, mi Zurdo, está en el estacionamiento; creo que pretende darle las gracias de nuevo y le trae su regalo.

Esa mujer no tiene remedio, cuando se empeña en estar chingando no hay quien la pare. Ya le pusimos al cabrón de Salcido en sus manos, ¿qué más quiere?

Yo qué sé, mi Zurdo, usted bien sabe que lo mío es cumplir órdenes y ya.

Mendieta movió la cabeza fastidiado, se puso de pie, hizo una seña al Gori de que volvía pronto y acompañó al sicario. Llegó con mala cara con la poderosa jefa del cártel del Pacífico, que lucía relajada, incluso se había maquillado y se veía hermosa, como la primera vez que se vieron en el Café Miró, ella vestida de negro, uñas púrpura y su personalidad apabullante.

¿Qué onda, Samantha?

269

Zurdo Mendieta, deja esa cara de pedo, cabrón, sólo quiero agradecerte lo bien que te portaste, y darte el regalo que te prometí.

Salió de la Hummer con la caja de treinta por treinta que el detective recordó haber visto en la pequeña casa y la puso en sus manos. Vestía jeans ajustados y una blusa roja. Rápidamente la abrió, sacó una peluca y se la puso.

¿Qué tal me veo?

¡Samantha! ¡Qué! ¡No me digas que tú!

Ya te dije que no te comportes como un pendejo, ahora vamos a ver a Ricardo Favela, adelántate y saca a todos los que estén en su habitación, incluyendo a su hijo.

El Zurdo no salía de su asombro. Se veía guapísima y, sí, se parecía a Milla Jovovich.

Hace veintidós años, diez hombres del Siciliano mataron al amor de mi vida, ya lo sabes, y me largué de la ciudad con la idea de no volver jamás; dejé todo: familia, amistades, todo; años después tuve un hijo y regresé; y apúrate cabrón, que también tenemos derecho a descansar. ¿Y esa onda de los árboles de ahorcados? Haz lo que te pido y no andes de pinche lenguaraz.

El Zurdo obedeció aún boquiabierto. Tiene razón Rubén Blades: La vida te da sorpresas. Siete minutos después, con Álex fuera del piso y el Pargo Manjarrez dado de alta, acompañó a la capiza hasta la habitación del señor Favela, quien, por esas cosas del destino, estaba despierto y consciente. Ella se acercó decidida.

¿Cómo estás, viejo cabrón? ¿Es verdad que quieres verme?

Antes de retirarse, el Zurdo vio la cara de felicidad del anciano, cómo abría los ojos, sonreía y ella se aproximaba para darle un beso.

¿Está listo mi whisky?

Alcanzó a escuchar antes de cerrar la puerta y no pudo evitar una sonrisa. Eso es vivir como Dios manda, no digan que no.

Cuando llegó a su casa, ventanas reparadas y muy bien barrida, lo primero que hizo fue poner el cedé que le había regalado el Chóper y encontrar la número trece: "She Came In Through the Bathroom Window". Órale, se escuchaba tremenda. Le subió el volumen y fue a servirse un whisky doble. Se lo merecía, a poco no, y para que el cuerpo no protestara le prometió que al día siguiente llamaría a Susana para un encuentro de ésos, de los que nacen los mejores recuerdos.

Latebra Joyce, Pandemia de 2020-2021

Ella entró por la ventana del baño de Élmer Mendoza
se terminó de imprimir en el mes de marzo de 2021
en los talleres de
Diversidad Gráfica S.A. de C.V.
Privada de Av. 11 #1 Col. El Vergel, Iztapalapa,
C.P. 09880, Ciudad de México.